U0934949

第十三章

Das dreizehnte Kapitel

[德国] 马丁·瓦尔泽 著
黄燎宇 译

Martin Walser

译林出版社

图书在版编目(CIP)数据

第十三章 / （德）瓦尔泽著，黄燎宇译. —南京：译林出版社，2015.8
ISBN 978-7-5447-4314-3

Ⅰ. ①第… Ⅱ. ①瓦… ②黄… Ⅲ. ①书信体小说-德国-现代 Ⅳ. ①I516.45

中国版本图书馆CIP数据核字（2014）第081202号

Author: Martin Walser
Title: Das dreizehnte Kapitel

著作权合同登记号 图字：10-2013-245号

书 名 第十三章
作 者 [德国] 马丁·瓦尔泽
译 者 黄燎宇
责任编辑 王 蕾
原文出版 Rowhlt, 2012
出版发行 凤凰出版传媒股份有限公司
译林出版社
出版社地址 南京市湖南路1号A楼，邮编：210009
电子邮箱 yilin@yilin.com
出版社网址 http://www.yilin.com
经 销 凤凰出版传媒股份有限公司
印 刷 江苏凤凰盐城印刷有限公司
开 本 880毫米 × 1230毫米 1/32
印 张 8
插 页 4
字 数 115千
版 次 2015年8月第1版 2015年8月第1次印刷
书 号 ISBN 978-7-5447-4314-3
定 价 39.00元
译林版图书若有印装错误可向出版社调换
（电话：025-83658316）

译者序

一

瓦尔泽已经八十八岁了。他著作等身，仅长篇小说就写了二十多部；他功成名就，被授予的奖项有三十多个，其中包括联邦德国文学最高奖格奥尔格·毕希纳奖、德国政府颁发的联邦大十字功勋奖章，以及最有政治和公众影响力的德国书业和平奖（颁奖仪式在德国的政治地标法兰克福保罗教堂举行，包括联邦总统在内的一千多位各界名流出席，电视实况转播）。按理说，瓦老可以歇一歇了。他可以心安理得地在他位于博登湖畔的别墅里颐养天年，可以看看闲书，写点慢条斯理的回忆录或者口述一点历史，然后散散步或者坐在自家花园里欣赏湖光山色。然而，瓦老过的是另外一种生活。譬如，他仍然自己开车，车速极快，弯道通过能力堪称一流。譬如,他还在从事超出老年节奏的体育锻炼:夏天他下博登湖游泳,一气畅游约五十分钟;冬天他带着爱犬布鲁诺开车去十里开外的森林里快走——他把自己的运动方式精准地形容为“奋力向前的行走”或者“具有加速意志的行走”。他还频繁出远门,出席各类文学—文化活动,途中总是自己拎着旅行箱上下火车、飞机。瓦老在活动现场的表现则总是令人赏心悦目,因为他思维敏捷、妙语连珠,而且擅长表演和朗诵。但最最令人惊叹的,是他的艺术创造力:他笔耕不辍,年年出书,年年出好书,他的文字总是对读者的脑力乃至体力构成挑战。可以说,瓦老既是艺术的奇迹,也是生命的奇迹。在他这里,强健的体魄、充沛的情感、敏锐的思想之间形成了令人羡慕的良性循环。摆在我们面前的《第十三章》,是这三位一体奇迹的再次出现。

《第十三章》出版于2012年。该书一经问世就好评如潮,引起阵阵惊叹。有的感叹“这本书完全匪夷所思”,有的认为瓦老“用一部重磅书籍给爱情文学增添了最美丽、最真实、最令人痛苦的一章”,有的则盛赞这部小说写得“轻快、调皮、引人入胜”。瓦老本人非常珍惜这本小说。他建议笔者打破时间顺序,先译《第十三章》,然后再译笔者已经着手翻译的大部头小说 *Muttersohn*(暂且译为“无父之子”)。

后者2011年出版，其篇幅是《第十三章》的两倍。笔者一向视瓦老之言为圣旨，尽管当时心里觉得瓦老有喜新厌旧之嫌，但还是马上采纳了瓦老的建议。回头看来，还是瓦老有智慧。先译《第十三章》，符合读者的利益。因为自2009年瓦老的歌德小说《恋爱中的男人》的中译本出版之后，中文读者没有见到瓦老的新书。现在至少应该先拿一本篇幅不大的瓦老作品来飨食读者。

二

《第十三章》是一本好书，也是一本奇书。从内容看，它是一部爱情小说；从形式看，基本算是书信体小说（信函之间也穿插着几个叙事章节和内心独白）。这部小说由前后两部分组成。前半部分讲一位年届六十岁的男作家偕妻子参加在柏林的总统府举行的晚宴，对同桌一位四十岁的女性神学教授一见钟情，而她的丈夫是大名鼎鼎的科学家和企业家，总统府的宴会就是为他举办的寿宴。两周之后，作家给仅仅见过一面，而且几乎没有正面说过一句话的女教授提笔写信，表达对她的赞赏和倾慕。女教授回了信。俩人之间由此出现了书信关系。在小说的后半部分，陪伴丈夫在加拿大做自行车旅游的女教授成为主要的叙事者。她通过书信给作家讲述她的旅途经历。

《第十三章》的故事多少有些匪夷所思。作家和神学家在信中一面交换对彼此的印象和看法，一面谈论各自的家庭和朋友、过去和现在、文学和神学。他们讲述最多的，还是各自配偶的事情。通过天真无邪的叙述，他们分别把妻子和丈夫的大大小小的秘密泄露给对方。而立足日常经验阅读小说的读者多半要表示一点诧异。一个年过半百的男作家和一个人到中年的女教授能够在如此情形下产生这种关系？这又是怎样一种关系！他和她保持书信往来，在总统府宴会之后一直没有见面，除了在柏林泰格尔机场的一次擦肩而过。尤其令人诧异的是，他和她在信中长期使用尊称“您”。我们知道，德语的“您”是妨碍友谊和爱情的屏障。和德国人相处，如果不从“您”过渡到“你”，那就谈不上友谊，更甭谈爱情。也正因如此，当女神学家在那封谈论卡尔·巴特的信中突然从“您”切换到“你”的时候(这已经是俩人之间的第二十多封信了)，作家不禁“得意忘形”，即刻宣布要“为卡尔·巴特做弥撒”，同时告诉对方：我怎么受得了这个？你的“你”！另一方面，彬彬有礼的称谓并不妨碍他和她相互倾诉，相互透露隐私。他们甚至在第一封信就已说到“房事统计数据”！这俩人的谈话内容和彼此的关系形成了触目惊心的反差。同样地，有些读者可能对女教授的形象表示诧异，觉得她不像一个女人，也不像一个谈恋爱的女人。她似乎调侃多于抒情，讽刺多于表白。她和作家一样机智、一样俏皮，还常常使人联想到她和他的共同造物主——马丁·瓦尔泽。如果考虑到这些细节，人们当然有理由追问这种关系是否可能、是否真实、是否现实。

然而，《第十三章》是有理由或者说有资格超凡脱俗、不拘小节的。倘若完全从日常经验层面对其进行解读，必然是不得要领，“不解风情”。为避免读者陷入过于脚踏实地的现实主义解读方式，瓦老未雨绸缪，相继让神学家和作家进行自我评论。前者第一封信的署名就是“为自己竟然把这些事情向您和盘托出而感到奇怪的玛雅·施内林”，后者在第三封信的开头就感叹“彼此都不了解的人竟然有这么多知心话要说！”如果理解这句话的弦外之音，对真实性问题保持高度警觉的读者完全可以放松心态、转变心态，从另外一个角度、从另外一个层面去思考问题。譬如，假设我们用阅读《变形记》的心态来阅读《第十三章》，我们就不会追问这两个人之间怎么可能出现这样一种关系，正如我们读卡夫卡的《变形记》的时候不会去追问一个人怎么可能变为一条虫。这种时候，我们不妨向牛顿学习，承认文学世界也有“第一推动力”的存在。换言之，读《第十三章》的时候，一旦我们接受“彼此都不了解的人竟然有这么多知心话要说”这一“公理”，我们就会豁然开朗，就会发现作家和神学家讲述的故事是值得推敲和玩味的，而且能够接受经验和逻辑的检验。这与我们忽略人变虫这一荒诞细节之后就会发现并且惊叹格里高尔的故事高度真实是一个道理。

《第十三章》这一标题决定了瓦尔泽这部小说可以超凡脱俗、不拘小节，而标题的玄机就在数字“十三”的基督教内涵。我们都知道，因为有最后的晚餐，所以犹大成为数字“十三”的同义词，数字“十三”就有了“泄露”、“出卖”、“背叛”的内涵。瓦尔泽小说所讲述的，就是人生的第十三章——一个充满背叛的人生篇章。巴西尔·施鲁普和玛雅·施内林在信中分别泄露妻子和丈夫的秘密，由此将各自的妻子和丈夫出卖（犹大换来三十块银元，他们换来什么？），所以，他们的书信来往就是一种背叛行为，是不折不扣的第十三章，他们由此双双成为叛徒。在此需要提示读者的是，跟“十三”对应的德文词只有一个：名词是 Verrat，动词是 verraten。中文词却有三个：泄露、出卖、背叛，就是说，在一些地方，这三个词是可以拿来随意切换的。如果看到巴西尔·施鲁普因为揭伊莉丝的短（明明是左撇子却偏偏说自己会用右手做菜）而被称为“叛徒”，读者可以自行将其替换为“泄密者”；当巴西尔·施鲁普自称“背叛成癖者”（第十封信），读者可以理解为“泄密成癖者”或者“出卖（妻子）成癖者”。中德语言的差异使译者遭遇了选择的烦恼。希望关于第十三章的解释能够丰富读者对译文的理解。总之，泄露、出卖、背叛构成了《第十三章》的母题，而巴西尔·施鲁普和玛雅·施内林也至少在三重意义上撰写了第十三章。

首先，他们为自己撰写了第十三章。巴西尔·施鲁普不仅常常在信中赤裸裸地表达对玛雅·施内林的欣赏和思念，他不仅会因为玛雅·施内林的杳无音讯而心神不宁、忐忑不安，他甚至在致玛雅·施内林的第三封信里就讲述梦见自己杀害了妻子伊莉丝。他的梦境已经触碰了某种底线。面对巴西尔·施鲁普的恭维、挑逗、引诱，玛雅·施内林采取了一种半推半就、不置可否的暧昧态度。他们之间由此形成一种通常被称为柏拉图式的恋爱关系，这种关系自然构成了对各自婚姻的背叛，所以他们是叛徒，是施害者。不过，柏拉图恋爱这一传统概念并未在小说中出现。受新教神学家卡尔·巴特的辩证思维的启发，瓦尔泽对巴西尔·施鲁普和玛雅·施内林之间的关系做了全新的理解和价值判断。卡尔·巴特号召人们在不对希望抱希望的情况下去信仰未知的神，瓦尔泽则十分欣赏一种立足于“不可能的可能”或者“可能的不可能”的情感关系。这种关系兼有乐观和悲观、积极与消极。所以，巴西尔·施鲁普和玛雅·施内林可以做到一面蛰居婚姻的堡垒，一面隔空跟另一个堡垒谈情说爱；所以，他们满足于在彼此之间建造字母索桥，以“横跨名叫现实的深渊”；所以，他们彼此都承认“和不可能的事物调过情”，巴西尔·施鲁普在预感到玛雅·施内林出事之后更是对二人的关系做了如下总结和回顾：“不可能性是我和你的生活目标。你给我的信：来自不可能性的深渊。不可能性是我们的桌子、我们的床。在你给我写信的日子里，我有一种价值，你不再写信，我就不再有这种价值。”与此同时，读者不难看出，二人在这种书信调情中调出了令人为之动容的真情。巴西尔·施鲁普对玛雅·施内林的生命安危的关切就是例证（参见他在2011年8月17日写的寥寥数语）。

其次，巴西尔·施鲁普和玛雅·施内林也在为各自的配偶撰写“第十三章”。他们在信中主动地、兴致勃勃地讲自家的故事，揭自家的老底，导致其“信件往来发展成一场坦白竞赛”。通过他们的叙述，我们可以看到家家都有一本难念的经,家家都有自己的“第十三章”。巴西尔·施鲁普的妻子生活在其前男友、号称“愤怒之王”和“爱情之王”的建筑师贝亚图斯·尼德赖特的阴影底下,后者因为患上绝症而坐上轮椅,她则定期推着他去城里散步,散步归来之后又因心情不好而实施家庭无语日,迫使其作家丈夫噤若寒蝉,与此同时,她偷偷撰写一部题为《第十三章》的小说;玛雅·施内林的丈夫是一个潜伏在异性婚姻之内的同性恋,他对印刷商路德维希·弗罗一往情深,形影不离,后者的不辞而别使他郁郁寡欢。就是说,巴西尔·施鲁普和玛雅·施内林也是受害者,他们各自的配偶早已对他们实施了背叛,而且有过之无不及。他们的配偶是大叛徒,他们自己是小叛徒,但大家都是叛徒,都是罪人。也正因如此,具有基督教智慧的评论家可以对小说的结构即前后两部分的关系做出自圆其说的解释:第一部分讲述“罪”,即泄露罪和背叛罪,第二部分描写“罚”,施内林夫妇在加拿大北部的自行车之旅是一次赎罪或者说惩罚之旅,所以它不仅充满艰辛和困苦,而且以死亡告终。根据这一逻辑,瓦尔泽似乎也可以像陀思妥耶夫斯基那样将小说取名《罪与罚》。这种赎罪说是对《第十三章》的一种天才的解读,但它同时也会引发诸多疑问。譬如,玛雅·施内林是自愿还是被迫与丈夫奔赴死亡？再如，既然人人都有罪，为何偏偏挑选玛雅·施内林来赎罪？因为她是神学家？还有，小说结尾安排三个死亡（施内林夫妇失踪和贝亚图斯·尼德赖特自杀）是什么意思？为了让巴西尔·施鲁普和她的妻子彻底摆脱第十三章？同样耐人寻味的是，得到噩耗之后，伊莉丝彻底打消了写作念头，烧毁了《第十三章》的手稿，巴西尔·施鲁普则突然发现了“第十三章”这一标题的奥妙，如获至宝地用来命名自己的小说。这是作家瓦尔泽的自我写照？

在二人的“坦白竞赛”中，玛雅·施内林无疑是优胜者，因为她泄露的秘密最多。通过她的泄密，她丈夫身上的三重悲剧浮现在读者眼前：学者悲剧，同性恋悲剧，人性悲剧。

何为学者悲剧？科比尼安·施内林是分子生物学家，是曾经的学术新星，年纪轻轻就获奖无数，被同行视为未来的诺奖得主。后来他下了海，利用自己的研究成果创办了一家制药企业，生产神奇的“定制药物”，而且大获成功。他由此名扬四海，财源滚滚。联邦总统在总统府为他举办专场活动这一事实就足以证明其名望和地位。他是众人眼里的幸运儿，是众人崇拜和羡慕的对象。但是科比尼安并不满足，他没有幸福感，因为他有挥之不去的学术情结，他需要学术声望。他悔恨自己离开了科学的殿堂，悔恨自己没有顺着学术道路走向斯德哥尔摩，他因此把自己视为“堕落的天使”。他的外在辉煌和他的无法治愈的心病之间形成强烈反差。他的悲剧也印证了“绝利易，绝名心难”这一颠扑不破的真理。

何为同性恋悲剧？科比尼安是一个没有自我解放（俗话说“出柜”）的同性恋，所以他必须隐蔽，必须压抑自己，必须潜伏在婚姻之中。遇到充满男性魅力、被喻为“瘦削型肌肉菜单”的异性恋路德维希·弗罗之后，他变成了欣喜若狂而又小心翼翼的痴情儿。当弗罗夫妇悄无声息地与之断交之后，他的情绪从高峰跌入低谷。而且哑巴吃黄连，路德维希也成为最大的家庭谈话禁忌。最后，在加拿大的旅途中，当科比尼安感到大限将至的时候，他才向妻子承认自己想念路德维希，承认自己无条件地爱路德维希（尽管路德维希在其回忆录中对施内林夫妇进行了堪称恶毒的贬损）。根据玛雅的观察，科比尼安在加拿大旅行途中的言行举止都越来越像路德维希。鉴于这种种表现，读者完全可以去推测他得癌症是否与他的“失恋”经历有关。

何为人性悲剧？科比尼安是一个功成名就、光彩照人、风趣优雅的科学家和企业家，随时可以表现出优雅、体贴、友善。他在公开场合的讲话都非常精彩（虽然他从总统府回家之后主动检讨过有哪些词句不妥）；他懂得时不时地给妻子来点惊喜和殷勤；他很机智也很幽默，譬如，他想邀请酒吧里所有客人喝芝华士而一些人又不好意思接受邀请的时候，他会一面直言自己如何富有，一面用幽默化解尴尬："如果你们不跟我一起喝，我就只好一个人喝伊芙琳的芝华士。而且要喝光。这会要我的命。你们想要我的命吗？"科比尼安还有黑色幽默的天赋，所以他在肿瘤手术之后能够以如下方式自我调侃："我有了怀孕的经历。我肚子里面曾经孕育着死亡。我堕了胎。现在我知道女人堕胎之后是什么感觉。"但与此同时，他的心理疾病和身体疾病逐渐毁掉他光明和人性的一面，使他的心底变得越来越狭隘和阴暗，使他的性格变得越来越乖戾和冷酷（难怪他在旅行途中对《野性的呼唤》中的杀戮描写产生了浓厚兴趣），所以他把加拿大之旅设计成自杀之旅和屠杀之旅，最终把妻子当成陪葬拖入死亡，成为一个不折不扣的杀人犯。这一结局足以唤起读者的怜悯和恐惧。

三

阅读《第十三章》，既有智性愉悦，又有语言享受。这二者还常常密不可分,互为因果。瓦尔泽是首屈一指的德语语言大师。对于他,写作就是语言创造。作为语言创造者,他可谓得心应手,游刃有余。一方面,他可以创前人之未创,来新颖别致的遣词造句。譬如,因为收到来信而欣喜若狂的巴西尔·施鲁普,将玛雅·施内林的信比喻为一片让他夜以继日吃草的草地,接着又补充道:“如果这是一块真正的草地,它早就被啃光了,而我还在这已经啃光的草地上继续吃草。在您的信中,啃光的草地又不断长出新草。”在另外一封信中,他把自己形容为“被提名者”,而当他因为泄露了妻子最大的秘密(偷偷撰写《第十三章》)而心潮澎湃的时候,他“需要一吨瓦格纳”(再来一个“第十三章”:是具有语言天赋并且痴迷于瓦格纳的大提琴家朱亦兵先生敦促译者放弃对 eine Ladung Wagner 做字面翻译即“一车皮瓦格纳”。谢谢亦兵!)。当他声称自己“把真正的决定性因素进行了触目惊心的骷髅化处理”的时候,或者当玛雅·施内林告诉他:“我必须谨防现在这个词用到您身上时还带有一点当初我们在婚姻的围场里玩背叛时所带有的近似温柔的意味”,读者同样能体会到耐人寻味的陌生化效果。另一方面,语言大师瓦尔泽也可以推陈出新,能够用平凡的词汇和平常的句子让读者绞尽脑汁或者蓦然回首。我们可以想一想：为什么小说开篇巴西尔·施鲁普要以“听起来像是每天都要去两趟”的口气告诉出租司机去哪里？为什么出租司机要装作“头一回听说这地址”？为什么别人用意大利语说干杯之后巴西尔·施鲁普说自己“我，傻乎乎地用德语：干杯”？为什么巴西尔·施鲁普要把“没找到任何结果”这句普普通通的电脑提示斥为“翻译腔”？需要向读者坦白的是，腔字是笔者擅自添加的，因为德文 Übersetzung 的字面意思为“译文”，而“译文”的一则内涵就是“糟糕的文字”（作为译者，我们虚心接受瓦老的批评！）。由于这个腔字，中文的理解难度要小于德文，但也少了几分含蓄和刺激。也正因如此，笔者不敢肯定这一添加是否是画蛇添足，不敢肯定这是否有小看读者之嫌。而这一例子也再度证明词汇使用的内涵化，证明轻外延（德语：Denotation，英语：denotation）重内涵（德语：Konnotation，英语：connotation）是文学语言的一大显要标志。瓦老的语言如此丰富、灵活、多义，这在很大程度上要归功于他对内涵的广泛挖掘和应用。

好的小说，是能够让读者各取所需的。我们的读者自然可以在《第十三章》里各取所需。这里有故事有花边，有表白有批判，有炽热的情感也有冷峻的反讽，有奇异绝妙的想象也有严丝合缝的逻辑。好奇的读者不妨直奔小说的前半部分第26节，去看看巴西尔·施鲁普如何反思自己的单相思，看看瓦老如何导演语言狂欢。

最后，希望《第十三章》有助于读者洞悉德语文学的奥秘，窥见诗和哲学的神秘合一，并由此悟出一个道理：作家不“转”，读者不爱，作家不“坏”，读者不爱。

谁接受了这一文学普世价值，谁就脱离了文学第三世界。

致凯特

第一部分

1

美景宫，我对出租车司机说。听起来像是每天都要去两趟。他注意到了。他的回答，则像是头一回听说这地址。我们会找到的，他说。

伊莉丝摸到我的手。你的手冰凉，我说。如果我们一言不发地坐在车上，司机一定认为我们心里无比激动。外面 30°C，我可以表示我发现伊莉丝的手冰凉。司机不知道伊莉丝的手永远冰凉，说她的手冰凉，这纯属多此一举。

伊莉丝没说话。这点我很欣赏。出租车司机爱怎么想就怎么想。她不在乎。她很洒脱。她的重心在自身。我们都在中学课本里学过，物体重心落在支撑面以内时，不会翻倒。这就是伊莉丝。

没有伊莉丝作支撑，我就会倒下。本来我也可以不在乎出租车司机怎么看我们。谁让我充满滑稽的野心，到哪儿都要决定自己在别人心目中的形象。我们得东一句西一句，显得习以为常，平淡无奇，好让出租车司机以为我们真的每天都去美景宫见总统。如果一言不发，我们会显得内心很激动。我们一点儿也不激动。所以我不想给人留下这种印象。

出租车司机看见许多车在美景宫前停下，就说：到了。我付的车费明显超出他的期望。

我向礼仪小姐出示请柬，她们给我们两张小卡片，上面写着我们的餐桌号码。我还得到印着姓名的胸卡，我立刻戴上，因为我不想给人一种印象，似乎这里的人都应该认识我。伊莉丝把她的胸卡放进包里，然后进入摆着高脚小圆桌的前厅。马上就有服务生把开胃酒端到跟前，但是我们也可以站着喝。伊莉丝要的橙汁，我要的香槟。伊莉丝找了一张没人的小圆桌，我跟了过去。我跟她碰杯。然后说：全是谁也不认识的名人。她说：我们也是。说着就有一对来到我们的小圆桌边。他的翻领上面戴着一张小胸卡。看不清楚上面的字。友好地点点头。又举举杯子。他说：我们在这儿谁也不认识。我们得跟上一句。可惜我没说：我们也是。或者最好说：这儿也没有谁认识我们。我说的是：我们只认识联邦总统。他们笑了，为我们干杯。然后他说：不是学界就是商界。我本应指指自己，说：或者都不是。我说的是：或者都是。然后他用意大利语说：干杯！我，傻乎乎地用德语：干杯！

我们跟着人流从气势恢宏的大门进入宴会大厅。我把伊莉丝带到她的餐桌，请她就坐。然后我找到我的餐桌和座位。我是直接就坐还是需要向已经就坐的男女贵宾致意？我站在我的座位后面，向已经落座的颔首致意。我等待片刻，直到我将成为其宴会男伴的那位女士出现。我坐在总统夫人右手边。总统的私人秘书已经给我打了招呼。我接到邀请，全是他的功劳。我们在一次招待会上相识。他刚刚读了我的畅销书《喜沙草》，说是很高兴认识作家本人。他接着又说：我会联系您。

安排在我左边的女士由她丈夫引领过来，我们握握手。她坐下，我可以就坐了。我估计我们这张大圆桌坐了十五六个人。总统夫人由一位煞有介事的总统私人秘书陪同而来。她展开双手，跟所有人点头示意，然后就坐。此前我再次起身，等她落座之后我才坐下。

她对我说：很高兴。我皱起眉头，表示诧异。她说她在客人名单上发现我之后就请求把她跟我安排在同一张餐桌。然后说：《喜沙草》。

是呵，我说，如果发现自己在四十年里所做的事情被浓缩成一个小小的标题,这就是一种摧毁自信的命运。好在有一个煞有介事的招待等着给我们斟白葡萄酒,这是用来自佐莫斯霍伊泽尔施泰因巴赫的晚熟葡萄酿造的雷司令。接着就开始上菜。野生鳟鱼配野生芦笋、菠菜碎末面包、腌菜花和小西红柿。幸好总统夫人是她左边一位绅士的宴会女伴。前菜过后,总统夫人转过头来告诉我他叫什么。这名字听着很费劲。但更重要的是诺奖获得者这个词。诺贝尔物理奖,她说。她由此将其宴会男伴介绍给在座的客人。她是完美主义者,所以又补充道:超精分光镜。您的右手边是科比茨基夫人,她的丈夫获得诺贝尔超冷原子量子物理学奖。先说这些。干杯!现在人人都举杯祝福。吃完野生鳟鱼、上了雄狍肉浓汤之后,她完成了自己的介绍大业。她知道坐在这张圆形餐桌边的每一位客人的名字、头衔及其丰功伟绩。她讲得津津有味。当她陶醉于历数在座各位的头衔和功勋之时,我已心不在焉了。在这位介绍艺术大师的宴会男伴的左手边,坐着今天活动的核心人物的夫人。这一情况使她的名字变为一条资讯:玛雅·施内林博士教授。她的宴会男伴的名字听了就忘,但是我记住他是脑外科医生。我对后面介绍的名字、头衔、职业都不感兴趣,因为我的心思用在了女教授施内林身上。这是怎样的组合!

她是大学教师，而且是教神学！总统夫人介绍她的方式，不得不令众人感到惊讶。最让人叹为观止的，不是诺奖得主，不是大脑研究者，不是法律史专家或者别的什么人：请大家看看我们今天的活动主角的夫人！对于我，这一提醒纯属多余。而且我马上遭遇了技术难题：那位女士并没坐在我对面，她所在的位置使我不可能不用扭头就能看见她。她坐在我的斜对面。如果餐桌是一面钟，总统夫人算作零点，我就是二十三点，但施内林博士最多是一点半，坐在她旁边的大脑研究者是两点。为了看她，我的眼光必须扫过总统夫人。每介绍一位客人，总统夫人都要朝客人方向甩甩头，我也应该步调一致。但是我动弹不得，我在施内林博士教授这里触了礁。正餐上来了。葡萄芽熏制、百里香葡萄酱浸润的小牛尾肉片配卷心菜和黑森林培根夹心的琳达土豆，配阿尔地区的干型黑比诺葡萄酒。我的眼光掠过总统夫人，去看女教授施内林，但施内林教授没有任何反应。我感觉自己的情感水库很快就要溃堤。

幸好我们的餐桌主持完成了介绍工作。在介绍我的宴会女伴施耐德哈恩—科比茨基博士一开始就参与其丈夫的研究工作之后，她马上把话题引到我身上。她说我是著名人物，所以她可以省略长篇大论。这时我插了一句话，我不得不插这句话。我说，我根本算不上著名人物。由于她把我的话当作自炫性自谦，我可以承认自己是知名人物。听说谁谁谁是著名人物时，我们不必问他为何著名。著名是一种绝对的品质。如果一个人是知名人物，知道他的人都知道为什么知名。

我感觉这个话题得适可而止。这一桌的人对什么都感兴趣，唯独对著名和知名的区别没什么兴趣。现在我们彼此都认识了，我们就为彼此干杯。总统夫人还说，阿尔地区的黑比诺比圆桌更能缩短我们之间的距离。干杯。由于我在喝红酒之前已经喝了三杯法兰克地区的白葡萄酒，而白葡萄酒总让我满嘴胡言，所以红酒下肚之后我就说：生命如此短暂，岂能将德国葡萄酒尝遍！我抛出警句的时候，恰逢片刻的鸦雀无声，因为大家还在细细回味刚刚下去的这口酒。

过后就有了七嘴八舌的反应。总统夫人呼吁在座的、来自不同领域的男士对我们的作家的这一说法发表评论。每个人都用自己的专业词汇回答，但是人人都毫不客气地对我予以驳斥。我说：我发现，异口同声来否定这个简单句子的都是男士。

我话音未落，对面的施内林教授就说话了：这并不是说，女士们都赞同您的说法；对于我，这意味着，有一些句子只有让男人去争论。女士们对她表示强烈赞同。我说:我感觉自己遭到了反驳,但是我没有转变信仰。施内林女教授:这句话的伪宗教思想由此变得一览无余。还有其不合时宜。我斟上红葡萄酒,举起杯子说:祝您健康!一饮而尽。

这让众人非常开心。我举着空杯子,朝施内林教授看了一眼。但是她已经因为旁边的大脑研究专家刚刚对她说了什么话而大笑起来。也许是关于我或者针对我的讽刺评论。这位大脑研究专家头发花白,长着一个鸟脑袋。他不时地逗着他的宴会女伴发笑,他自己几乎不笑。他讲些废话,就是为了逗她笑。他逗她笑,然后观察她如何笑。现在我本该关照我的宴会女伴施耐德哈恩—科比茨基博士。我本该问问她参加她丈夫的冷原子研究项目的情况。本来我确实想了解做这类研究的人们一开始就知道多少,就想取得多少成果,在研究过程中又产生了多少问题。但是我不得不朝施内林教授那边看。大脑研究专家在逗她笑。她的笑声超过了同桌的任何一位男士或者女士。但是她从不长时间地笑。谢天谢地。她总是哈哈一笑,然后戛然而止。然后就需要大脑研究者补充笑料。但他显然很乐意这么做。眼下他肯定是这桌上最活泼的一个。她让他变得如此活泼。

我开始一段内心独白,内容就是对面的女士:你不可能把她跟任何别的女人混淆。世界上的女人长相都很相似。总统夫人也有其独特的温柔和多情,她的脸很窄小,不无有力的线条和情绪平面。尽管如此,她和其他女人的相似之处要多于这位施内林教授。没有一个女人跟她长得相似。她的长相跟任何一个女人都不相似。就是说,她的脸独一无二。她的眼睛有点太大,鼻子有点太高,嘴巴明显有点紧闭。不是一张随便开口的嘴。但是它等着斗嘴。这张嘴在严阵以待,蓄势待发。但又沉着镇定。它是纯粹的力量。是一个不受约束的权力机构。嘴巴做出的反应,将决定她的目光是犀利还是温柔,同时也决定她的鼻子是一只在草原上吃草的绵羊还是一头嗅到猎物气味的猛兽。她的头发会强化这张脸,强化这个女人做出的决定。对于脸,她只是非常间接地负有责任,她的头发却完全服从她的意愿。没有什么比她的发色和发型更能体现其意志。颜色:白色金黄。没有一丝金黄的迹象。可能有的最冷的白色金黄。绝对的反金发。头发反梳,光溜,笔直,直达耳际,耳上佩戴和悬挂的饰物熠熠生辉。反梳的头发使她的额头显得更高,仿佛驯服了一头茂密的头发,战胜了一个自然现象。绵羊还是猛兽?无论如何也是一个没有被战胜的孩子。她脸上还透出少女的气质。许多女人都这样。也许所有女人都这样。哪怕是一个受过摧残、压抑、虐待的少女。她有完好无损的少女气质。这只可能是大自然的造化，如此大的造化。过大的造化。这就是她！在这张脸上，在整个人身上，四十岁的女人和十四岁的少女平分秋色。一种惊心动魄的平衡！

我的眼光不断扫过总统夫人，盯着对面看。但愿她认为我是对她的左手提供的激光故事感兴趣。但是我已经不在乎联邦总统夫人或者世人怎么看我。坐在对面的女人对我没有任何看法，她根本就没有注意到我在盯着她看。她没有用眼神回答我，以此确认我的存在，确认我盯着她看她的事实，她只是向我显示了我的不在场，她所显示的一切都完全融化在她的名字当中：玛雅。

随后活动进入高潮：联邦总统致辞欢迎全体客人，他解释为何把大家请到美景宫来庆祝科比尼安·施内林博士教授的六十岁生日。施内林教授的五十大寿是在加利福尼亚的斯坦福大学庆祝的。当时他是分子生物学家，是一颗冉冉升起的学术新星。这段辉煌史始于他在耶鲁大学撰写的优秀博士论文。该文获约翰·斯潘格勒·尼古拉斯奖[①]。随

① 1964年尼古拉斯博士的夫人为纪念其丈夫而设立的奖项。奖给耶鲁大学特朗布尔学院那些有着优秀品格或领导能力的大三学生，以便于他们攻读本院的硕士或当选为本院的研究员。

后他不费吹灰之力地获得了一个欧美自然科学家所能获得的所有荣誉。他刚刚被任命为海德堡欧洲分子生物学实验室项目组领导，为此他结束了被行家们认为必然给他带来诺奖的大学学术生涯，成立了一家公司。而且是在阿德勒斯霍夫，也就是柏林城边，那是我们的硅谷。他想在实践中检验他作为分子生物学家的研究成果。有人告诉我，自然科学家获得诺奖之后就成立公司，好让其研究成果服务于人类，这种现象至少在美国并不罕见。科比尼安·施内林比别人更急躁或者更好奇，他不等斯德哥尔摩给他颁奖就成立了公司。今天，Transmitter① 公司有 251 名员工，其中 29 名是大学教师。他们生产定制药物②。他的一百多项专利在世界各地得到应用。一个人如此规划自己的人生，这不能不引起政治家的兴趣，每一个感觉与宏观世界休戚与共的人都不得不感兴趣。所以，我们今天既为科学家科比尼安·施内林，又为企业家科比尼安·施内林祝寿。我们就是在场的诸位，女士们、先生们，就是从神学到核物理、从雕塑到心理语言学的各路专家。总统随后请寿星用我们这些无知者能够听懂的语言讲讲他的人生道路。

---

① 英语：传递者。

② 指不再利用制药厂大批量生产的药物，而是按照病人的基因生产、发放特制的药物。

科比尼安·施内林显得很轻松。非常轻松。他一边说话，一边走向小讲台。他比联邦总统的个子高一些。他双手按着讲台。没拿讲稿。他没打领带，打的是蝴蝶结。打蝴蝶结的男人有性功能障碍。这是我三十年前的一位上司说的话。可惜这类话很容易记住。

寿星开始讲话：见前人所未见，是一切研究的目标。这是他在大学的第一个学期听来的箴言。这从来就不是他的目标。他还听说，谁需要超过四个小时的睡眠，就不适合做研究。尽管有这些劝阻信号，他依然坚持目标。小时候他就做过搜集雨水的事情。他想让自家门口的雨水发挥作用。他用雨水驱动他组装的一个轮子，轮子上面装了一把长柄勺，长柄勺把水舀回水池，而水池里的水又重新流到轮子上。因为他在中学里听说过永动机的事情。他承认，每当听到有什么难解的问题时，他就跃跃欲试。如果他在报上读到有关反应堆的燃料密封装置出现问题的报道，他就不得不为用于此目的的硼钢提出能够解决问题的结构建议。没有什么东西妨碍他钻研。他最喜欢的美德：精确。他最大的榜样：伯特·萨克曼[①]。凡是不能测量的，谈起来就毫无

① 伯特·萨克曼（1942— ）：德国科学家，细胞生理学家。

意义。Passion for Precision[①]，这是一位获奖者在斯德哥尔摩的演讲题目。精确的意义：学习。如果分子学点什么，它们中间会发生什么事情？如果没有我们，它们不可能学习。学习，这是由几十亿个神经腱连接在一起的中子之间的相互作用。我们的学习速度可以超过渴望学习的病毒吗？学习是一条湍急的河流，我们的无知和我们的知识一同增长。这是令人敬仰的罗伯特·胡贝尔[②]说的话。如果他说了这话，那么他说话前和说话后就不是一个人。

可惜听到这句话的时候，我眼里已经没有了寿星，因为我不得不看他的妻子，然后我就无法专心听讲了。我把我的椅子往后推，以免我的宴会女伴和总统夫人注意到我如何朝寿星的妻子看。我记不起我在哪一个时刻像现在这样悲哀、消沉、失败。因为她的样子如此令人难忘。我必须承受这一事实。人们可以要求我这么做，我知道。但是这种组合！这样一个男人！这样一个女人！我还从未像现在这样强烈地体会到自己是一个弱不禁风的人物。喜沙草。前面那位抛弃了科研事业，为的是直接帮助人类。阿德勒斯霍夫，生产定制药物，比最快的病毒学得还快。倾听丈夫讲

---

① 英语：追求精确的激情。这是2005年诺贝尔物理奖得主特奥多尔·亨施在乌普萨拉大学的演讲题目。

② 罗伯特·胡贝尔（1937— ），德国科学家，1988年诺贝尔化学奖得主。

话的女人的脸上泛着光芒。因为幸福。但她的神情难以捉摸。最平静的光芒。非常镇定，逼着我带着可怜的情感回归本该属于我的乌有之乡。我没法继续盯着这个女人看，我受不了。

我拿起杯子一气喝干。耳畔萦绕着他的声音，他说他一开始就很好奇，所以他想知道，如果他把那些公式从纸质平面带入第三维、带入现实会产生什么变化。他承认，对他而言，告别 cathedrales of science[①] 并非易事。告别有克拉特基[②]和佩鲁茨[③]这类巨星熠熠生辉的科学星空，告别名为罗伯特·胡贝尔、伯特·萨克曼以及曼弗雷德·艾根[④]的星光世界，一夜之间你就变成一个单纯的实用人才。有用而已。对你和他人有用。对他人和你有用。你咎由自取，被逐出了伊甸园。他现在的生活之所以还能忍受，是因为有一个美德他没有忘记，没有放弃：发问。他仍然不断提问，哪怕他期望得到的答案只是服务于实用领域。这使他与自己做实用人才的命运达成和解。对他的命运的每一个细微之处，

---

① 英语：科学圣殿。

② 克里斯托弗·克拉特基（1946— ），奥地利结构生物学家，格拉茨大学物理化学教授。

③ 马克斯·费迪南·佩鲁茨（1914—2002），奥地利裔英国分子生物学家，与约翰·肯德鲁爵士同获 1962 年诺贝尔化学奖。

④ 曼弗雷德·艾根（1927— ），德国科学家，1967 年诺贝尔化学奖得主。

他的妻子感受的都比他的语言表达的更精确，所以，在这一喜庆时刻，她为他准备了一个马丁·海德格尔的句子：提问体现思维的虔诚。此言极是！

热烈鼓掌。宴会的主人再次站到他的客人身边，对他表示感谢，然后对我们说，他忘了说纪念文集的事情。进门的地方每人都可以拿一本《从热爱到精确》。又是热烈鼓掌。

这位联邦总统有跟人一见如故的本事。又来一支小提琴奏鸣曲。莫扎特。显然前面已经演过一曲。但是现在我才有闲心听。这位女提琴手让我心潮澎湃。我什么时候对自己的心灵活动有过如此强烈的体验？这提琴的音序，是一段前所未有的情感历程。原因在于我不断地朝这个宽脸盘的女人看。相比之下，总统夫人的脸很窄小。我需要她的宽脸。她应该向我证实小提琴手在我的内心掀起了什么波澜。幸好她没有朝这边看。我现在都还感觉到当时必然给人留下的印象。我完全被这音乐吸引了！

众人起身离席。我们应该回到前厅，回到高腿小圆桌边。我们走出了宴会厅。我再也看不到这个女人了。但是，当她第一个站起身，目标明确地走向在讲话中对她表示柔情的寿星的时候，我还有近一秒钟的时间看到她整个的人。我看到她走路的样子。往前走的样子。她朝他走去。穿着那身饰以最细的缎带的礼服。她没有用眼光向我证实她注意到我。

我找到伊莉丝。走，说着我就往前走。她不得不跟我走。

出去之后我们立刻走向出租车站。去里默花园小区[1]。我的语气很平静，伊莉丝什么都没察觉到。她捏着我的手。你的手冰凉，我说。

你的手不凉，她说。

我低下头，凑到她耳边说：我真爱你。

她把我的手捏得更紧了一些。

---

① 里默花园小区：由建筑师里默设计的高档花园式住宅小区，由中心花园和环绕花园一圈的新巴洛克风格的多层住宅楼组成，位于柏林的克罗伊茨贝格区。

2

尊敬的教授女士，

我拿到您的通讯地址，要归功于总统私人秘书。我第二天就给他拨通电话，谎称晚宴主角的事迹让我思绪万千，我不得不跟他写信，向他描述他让一个作家如何浮想联翩。您是神学家，对您就得说：在我这里，撒谎更多地是一个语言学而非道德难题。所以我拿着您的地址已经两个星期了，我每天都给您写信，这些不得不写的信从未寄出。我收到太多向我吐露与我无关的心曲的信件。这些信多半来自女人。我不能随便扔了它们。多少年来，我家的抽屉和盒子里塞满了这类信件。特别在我的《喜沙草》出版之后。这本书让我出了名（这本书也让您知道我的名字）。我感觉自己有过错，至少要负责任。我可以把这些信视为一种资本。

但如果我想变现，我会发现它们的价值微乎其微。尽管如此，我还是不无感情地储藏这些男人女人的长篇情感倾诉。这些对我表示欣赏和赞同的信件写得激情澎湃，语调高亢而且常常很优美，您千万别误会，我丝毫没有在您面前贬低它们的意思。我甚至希望自己总是带着真诚的礼貌给人轻松地回信。我跟不止一个人由此成为正儿八经的信友。当然女人写的信总是比我那些总是含糊其辞的回信有着更为强烈的情感。毕竟我总是回信的一方。

我为什么给您写这些?

我不得不担心，对于这类不请自来的情感推销您跟我一样熟悉。我只是在纸上公开亮相。您却不断四处亮相，您上课，参加讨论，出现在丈夫的左右。所以我知道您在最好的情况下带着何种感觉看我这封唐突的邮件。也许您根本不读这些唐突的邮件。给我写信的女人也总是这样对我说。她们总要写的一句话我现在也难以割舍：如果这封信您读到了这里，那么……

好吧，您知道这是怎么回事。哪怕我有一点点贬低或者嘲笑这些信誓旦旦的邮件的意思，我现在就在贬低和嘲笑自己，因为我现在也在信誓旦旦。而且，给我贸然写信的那些优秀人士从没觉得自身渺小或者可笑。她们只是觉得给我写信是一件令人惋惜的事情。她们本来很不情愿给我写信。但最终还是写了。

我现在描述的,更多地是我自己,不是给我写信的人。

我想写点别的。一种自美景宫的晚宴以来一天强过一天的情感体验:您使我保存在抽屉里的所有信件自动贬值。过去两周里,我天天都在重读这些信件。多年来一直让我觉得充满友谊、友爱或者激情的信件,现在它们毫无价值。一种奇特的体验。给我写信的女人中间有的明显才华横溢。也许只有那些本身就是作家或者本可以成为作家或者即将成为作家的女人才给作家写信。寄诗的也屡见不鲜。现在全部贬值。这意味着我现在无动于衷。那些初次阅读之后就让我爱不释手的信件也不例外。

我不再是过去的收信人。我变了。因为您。

为什么?

我不知道。这些信件遭遇严重贬值,现在我对它们的评判可谓前所未有。现在我觉得它们多愁善感,废话连篇,花里胡哨,拿腔作势,甚至滑稽可笑。尽管我不反对后者,不反对她们表现得滑稽可笑。许多信件就是赞美我的喷泉,就是赞同我的狂欢。您不相信一本书能让一个勇于生活的女人变成什么样。她们抛出的句子如同倾盆大雨,过去我常常很乐意仰着头任其冲刷。这要看世人如何对我。现在这一切都失效了。面对赞美的喷泉和赞同的狂欢，我无动于衷。这是美景宫的晚餐之后才发生的事情，所以我不得不在您这里找原因。您没有责任。这跟假如一座房子被飓风卷到空中我们不能说飓风有责任是一个道理。谁让房子的地基不稳。我当然要对自己遭遇的大自然事件进行思索。我把发生的事情一一道来。

您的形象。您的声音。您的脸。您的头。您的昂首姿态令人赞叹！仿佛您不断要向人展示您的头部。您一定随时意识到自己在昂首挺胸。您很熟悉自己的脸。这里并存着两个时代。十四岁的女人和四十岁的女人合二为一。您的嘴，时刻准备用沉默代替言说。还有您的头发。发色和发型都拒绝任何造型。但依然产生轰动效果。还有您，您好像无所不知。又一无所知。您是能够想象出来的最狡猾的单纯。也是能够出现的最天真无邪的诡计多端。而且司空见惯。而且不像虚张声势的压顶乌云从我这里穿过。

我把抽屉清空，送走多年来精心收藏的信件。我把它们送进专门回收废纸的垃圾集装箱。事毕，我一面感觉自己很豪迈，一面感觉自己很可怜。我觉得自己很可怕。

您的名字有头衔做固定搭配。这点我很赞赏。像您这样的,绝对不可以消失在另外一个不管多好听的姓氏后面。您自己是个人物。消失在另外一个姓氏后面,这不符合您的性格!您看,我开始说三道四了。您有您的理由。最好的理由就是:您娘家姓施内林。您其实就是他的妹妹,和英俊帅气的哥哥过着最美好的乱伦生活。日常心理学告诉我,他可能有性功能障碍,因为他不系领带,他打蝴蝶结。

您使我做起如此下流而疯狂的推测!

您千万别以为我想让您爆发清脆的笑声。这种笑声您的宴会男伴,那位大脑研究者,可以召之即来,仿佛您是他的实验对象,他要测试您的发笑能力。如果换上那个和我结婚三十年的女人,他不可能成功。当我看见并且听见您一次又一次地发出清脆笑声的时候,我不得不产生这个想法。幸好您的笑声总是戛然而止。倘若您笑弯了腰——我不愿意想象这种情形。您随时准备发笑,这已经使我产生了攻击性,您要是笑弯了腰,我的攻击性会变本加厉。

我承认,教授女士——我预感到自己将因为坦白自己的真实想法而丧失接近您的机会,我承认,我期望得到您的一封信。我不是自大狂,但我天生有一点点观察和感知能力。您也如此。哪怕从未在两米之内见过您的人也都会看到,都会注意和感觉到这点。我感觉到您的感知能力,但又不得不品尝您对我彻底视而不见的滋味，所以我不得不感到诧异。您一定注意到，在我们那一桌，也许在整个宴会厅里，您和我有一个与众不同的共同点。棕色皮肤。在比比皆是的苍白面孔中间，就您和我最惹眼，因为我们的皮肤晒成了棕色。这种肤色不是日光浴室照射的结果。我不知道您的健康为何显得咄咄逼人。您的丈夫和所有其他人一样苍白。我，跟您一样健康的棕色。拜托，我的感知只是感知而已。我放弃努力，不做任何推论。如果当时宴会厅里有一个私家侦探，他会向雇主报告说：这俩人一起偷偷飞到一个岛上。您知道，尊敬的教授女士，我不可以把这种电视剧里的话当真。我只想拿在职业中培养起来的本事来炫耀。

顺便告诉您，在外面做事或者为外面做事的时候，我的妻子总是用她的娘家姓：伊莉丝·托布勒。据说这是她给父亲的许诺。也许她的父亲跟所有父亲一样，把自家孩子视为天才，他想通过女儿出名。伊莉丝为孩子们写电视连续剧。她虚构了《山顶农庄》。也许写这类作品没法出名。但她从未放弃作为伊莉丝·托布勒出名的想法。

多年来她一直在写一本书。内容完全对我保密。过去这个项目我提一句都不可以，所以现在我为自己竟然在您面前提到它而感到诧异。您的作用！

我没有努力给自己解释您发挥何种作用。但是我不可避免地要把证明您的作用的证据给您。既然我已向您坦白了这么多,有一件事情不能不告诉您。从美景宫的晚宴回来之后,我和伊莉丝做了爱。我们过着有性爱的婚姻生活。这是我通过体验明白的道理。对一个作家来说,这种体验也许比对一个神学家或者分子生物学家更加清晰。只要一周做两次爱,那就谈不上爱情。当然,勤于满足性欲的夫妻也可能出现爱情。只是人们无从得知。常常是后来跑了一个,才知道此前让人亲密无间的不是爱。只有在性生活减少而情感不减之后,才应把现在使人亲密无间的东西称为爱。我搁笔了,希望明早读完之后还能给您寄来。

您的

巴西尔·施鲁普

3

亲爱的作家先生，

(如果我是教授女士，您就是作家先生，) 在您这里可以长个见识：人可以无缘无故地去做一件事情。尽管我找到一个给您回信也就是我写信的理由：您拿我的姓氏大做文章。您做得出奇成功。我的确娘家姓施内林，但我不是乱伦的妹妹，而是远房表妹。

您本想去印度，结果发现了美洲。您对我“爆发清脆的笑声”所做的评论没有那么成功。如果一个女人，一个从事大脑研究的女学者告诉您，她的第三次离婚使她损失了几乎所有的唱片，您会做出何种反应？

我发现我坐在一个聊天高手旁边。他知道自己的保留节目会产生什么效果。如果在我这里没有效果，他会产生自我怀疑。我不得不向他证实,他的保留节目很好。他曾不得不为一个男人做精神鉴定,因为他杀死了自己的妻子,而他自述的杀人动机是:她从来不从后面往前面挤牙膏,这很可怕。还有,不到两周前他应邀到朋友家做客。一个男的指着他的女人,说:她四十年如一日,把西红柿削皮之后做沙拉。女的站起来,骂一声:傻×,然后离开房间。男的说:这是恭维。女的在门口转身回敬道:没错。倘若大脑研究者告诉我,最新诊断方法表明,特定的宗教状态的神经原对应现象是发生在大脑某个区域的癫痫过程,我还有的可说,但是听了他讲的小故事,我们的确可以发笑。恰恰是神学家,尤其是女神学家,有必要显示任何事物都可能让她发笑。对于这类场景,我已轻车熟路。一位老师中的老师向我们这些新教神学家推荐了最大的快乐。您(当然)不知道他。只是为了让他的名字从您那负担过重的意识呼啸而过:卡尔·巴特。

现在我得承认,大脑研究者还是说了一句令我印象深刻的话。这话他声称是说给他妻子听的:我们本应把我们的缺陷分配到两个以上的孩子身上。对于大脑研究者,这话并非那么糟糕。我错失机会,没有用科比尼安的话来回应他:孩子是大自然实施的谋杀。

我的笑引起您的注意。对于我，这意味着您觉出我的笑有所不妥。当时我状态不佳。我用《路加福音》让自己清醒：你们喜笑的人有祸了[①]。这比您说我“爆发清脆的笑声”给我的打击更严重。怎么可以这样?! 作家先生! 向您提问的，是一个信奉语言是可以让人推敲的女人。如果您不同意我出于宗教—世俗动机把注意力转向大脑研究者，我可以向您保证：他不是我的 vir desiderorum[②]。我的意中人名叫科比尼安。您已亲眼看到了。

还要对您的房事统计数据发表评论：我的感觉告诉我，即便我现在只字不提，您也相信科比尼安和我从美景宫的晚宴回来之后做了爱。我们没有。我们由此满足了您的要求：我们是一对爱情伴侣。我们的确是爱情伴侣，因为我们没有拿夫妻同房的统计数据四处炫耀，而在您这里，它是获得认知的唯一材料。为此我可以对您表示一点点哀悼。

回家后我不得不把我一晚上听到的所有赞美科比尼安的话背诵给他本人听。我们不能像你们那样手牵着手往外溜。前厅摆放方便肘部的小圆桌，就是为了让所有在宴会大厅里不得不闭嘴的人终于有机会说他们想说的话。这

① 参见《圣经 · 路加福音》6:55。

② 拉丁语：意中人。

时候我自然变成了堆放科比尼安的溢美之词的卸货场。我不得不逐字逐句地跟他汇报了半个通宵。还要分门别类。可信度。

有个情况我无法隐瞒：有些人利用对丈夫的赞美，跟妻子套近乎。我越是冷漠应对这类殷勤，这些绅士们就越发热烈。但我的冷淡不是 pro eo hoc[①]……它是真的。只要在这样一个晚上还有什么可以做到真。这当然是一个既超出男人，也超出女人能力的要求。这肯定超出了我的能力。

说了这件事情，我就还要说另外一件事情。如果不说，您对我的认识会产生偏差。您用无中生有作诱饵，让我上钩。我希望您感觉到我的不满。我接着讲：前半夜是摘引溢美之词。随后却是真正的苦难：科比尼安有理由为他的脱稿发言自豪，有理由保持自豪，现在他却不得不回忆、不得不历数他发言时忘记的事情。包括他所遗忘的、他描述不正确或者不完全正确的一切。他几乎吓出了冷汗，因为他相信自己没有把应该感谢伯特·萨克曼的地方交代清楚。离子通道！这可是萨克曼发现的，科比尼安只是从中得出应用技术方面的结论。也就是治疗神经和血管疾病的定制药物。我没法使他心安。后来我建议问问在场的几位专家

① 拉丁语：为了这个。

怎么看这件事情，我们这才彼此拥抱，安然入睡。他是堕落的天使。这一念头他挥之不去。无论白天黑夜。作为神学家，我的使命就是削弱纯粹的科学依然在产生的毁灭性影响。堕落的天使！良心有愧！他的专利和药物让源源不断的资金流向他的账户，他的自责也接连不断。他的敏感我半点也没有，但是我爱他的敏感。

致以友好的问候！

玛雅·施内林

又及：您没有提到纪念文集。我由此推断，门口的赠书您没带走。您急匆匆地离开了一场不是为您举办的庆祝活动。但我不能就此罢休。书会给您寄来。《从热爱到精确》！科比尼安遭受了可怕的心理折磨，因为文集的作者里面没有一个诺奖得主。科比尼安已经证明，他感知的东西多于别人对他的感知能力的期待。科比尼安观察到你们从我们身边一溜而过，我们晚上做回忆工作的时候，他问我，皮肤晒成棕色的施鲁普先生对他的讲话有何反应。我能说什么！您和我的一个相似之处，他的确发现了。但没有别的想法。有道理。至于我，他很清楚，我这副具有欺骗性的健康外表仅仅归功于我们的大花园。我在花园逗留的时间超出了允许范围。再次告别：

为自己竟然把这些事情向您和盘托出而感到奇怪的
玛雅·施内林

4

尊敬的施内林女士，

现在我可以这样称呼您，因为您的姓氏不是来自一个男人的粘贴，它本来就是您自己的姓氏。您的名字不应被省略。玛雅。如果我有必要再写一部长篇小说，您就得预料我会把小说的主要人物叫作玛雅。

我从未像读您的信这样拿白纸黑字的东西来反复读。这白纸上的黑色字体！我知道，您不是为了收信人（您也许有无数的收信人）而这么做，但既然我自己更喜欢用手而不是用键盘书写，和我写的信相比，我在第一瞬间觉得您的信像是舞台布景。我连搞舞台布景的心都没有。对于我，写信属于冒险之举。我从不知道我的信会把我带向何方。如果它不把我带到什么地方，我就把它扔掉。并不总是这样。

几乎没有过。我承认，平淡无奇的信件我也得寄走。

您的信是一片草地。我在这草地上吃草。夜以继日。现在我告别草地和吃草的画面。因为如果这是一块真正的草地，它早就被啃光了，而我还在这已经啃光的草地上继续吃草。在您的信中，啃光的草地又不断长出新草。

您的信纸。这可是布景。我责备自己现在还胆敢白纸黑字给您写信。但如果弄来这种娇贵的米色信纸（怎么找？去哪儿找？），这就意味着我写上去的东西立刻就变成无聊的抄袭。然后我至少必须尝试模仿您的字体。我的确在废纸上做过实验。但只是为了体验我的存在离这样一种字体多远。您的字写得很漂亮。泼辣。灵活。洒脱。

您的信产生了巨大的效果！我无法解释这一效果。十四个昼夜之后我依然无法找到解释。真是神奇。抱歉，我相信我是头一回用这个字眼。只是因为我无法解释您的信为何产生如此效果。很平常的句子，读着很愉快，可都是寻常的内容。但字字句句都打动我。还没有任何语言现象像您的字字句句这样给我如此直接的感受。所以，通过语言产生的效果要超过语言本身的效果。文字背后的人。这个人本身。阅读，一个让作者浮现在眼前的过程。我看见您的样子。我听见您的声音，尽管我实际上只听见您说过两三句话。

我自然在您的信里寻找能够提供答案的句子。我一无所获。我们,伊莉丝和我,在这封信里的形象很不怎么样。“……手牵着手往外溜。”但这是最重要的句子。她看见了我们！我拉着伊莉丝在人堆中穿行。我们很不礼貌地往外挤,我想以此向所有注意到我们的人表明,我们想尽快摆脱这些扎堆的人,摆脱他们的闲聊。我想给人留下粗暴无礼的印象。您却看见我们往外溜。但是您看见了我们！我们往外挤的时候,我做好了从您和您丈夫身边经过的准备。我往外挤,目的是想听您说一句:作家先生,干吗这么急！或者类似的话。我想被挽留,所以我才这么往外挤。

您向我透露你们家夜里发生的事情。我非常高兴。这有点意思。具体什么意思,我不知道。但聊胜于无。“夫妻同房统计数据”。妙极了。还对我表示一点点哀悼！太棒了。您既是玛雅,又是神学家,这种组合让我欣喜若狂。尽管您是新教神学家。但对于孤陋寡闻的我,新教神学比把我拒之门外的分子生物学的距离要近一些。您显然不只是那天晚上表现的样子,您要真是一个在任何时候都以理解和行动陪伴丈夫做分子生物学探险的女人,那我就不知道我怎么会想起您。神学,这几乎是我的相邻学科。但是怎样回答？先等待十四个昼夜。体会自己的存在是一种缺陷。体会你的每一个感知、每一种感觉都只以她为背景。尽管与她毫无关系，你穿鞋的时候依然在想，这是穿给她看的。你发现，你所做所想的一切，都不只是你所做你所想的一切。一切都在超越当下时刻，一切都指向她。

所以现在给她写信。随便写。别考虑。听右手指挥。现在该谈伊莉丝了。

我不说：我爱伊莉丝。尽管我爱她。但这属于不可言说者。这是一件不可言说的事情，它历经几十年，才变成它现在的样子。这就说到了伊莉丝。我呼唤她，就如人们呼唤圣女一般，请她在我的右手排除干扰、坚持给您写信的时候助我一把。神圣的伊莉丝，请为我祈祷！这是我们天主教徒的说法。我对伊莉丝的外貌很满意。不言而喻。什么时候不得不承认自己忽略了后来发现不可以忽略的东西，什么时候就得分手了。不管你忽略的是内心还是外表。我相信，离婚就是这类发现造成的后果。我们当然也红过脸，导致头脑发热，使离婚成为可能。但是我们的头脑还没有热到闹离婚的地步。事情可以做如此简要的总结。更重要的是真正制约我们关系的因素。伊莉丝变得更美了。在她身上，年龄的增长对于我无法割舍的一切均未造成任何破坏。这话可能过于大男子主义，对我很不合适。成年累月地跟别的夫妻打交道，看见他们如何一点一点被岁月侵蚀，我心里就会说：这个我可无法忍受。也许岁月侵蚀对我的损害要远大于伊莉丝。伊莉丝能够承受一切，因为她有我只看到其冰山一角的丰富情感。人生有成百上千的不幸，遭遇不幸的时候，我们的承受力要远远大于自己还没有遭遇不幸时所设想的承受力。所以，也许我也能忍受我在观察这一对或者那一对上了年纪的夫妻的时候觉得不可忍受的一切。幸好这所谓的命运让我免受这一考验。迄今为止。就是说，伊莉丝过去什么样，现在就什么样。这所谓的爱情的单纯延续可以体验为感情的逐渐加深。我们对此感到很诧异，同时也尽情享受。如果年龄增长是对我们的唯一威胁，这自然是一种奢侈！我们的熟人K女士嫁了一个带着残疾儿子的父亲。脂肪代谢紊乱。孩子几年前就成了植物人。眼睛瞎了。也许还剩点儿听力。K女士怀孕的时候，她真恨不得牺牲自己的孩子，如果这对那个残疾儿有所帮助的话。

谈谈我的一个令人无法忍受的毛病：我看见的所有女人，在我眼里都是裸体。这个毛病可能来自早年，我早年的最大禁忌就是想裸体女人。时至今日，我仍然没法摆脱见到女人就脱光其衣服的习惯。女人的衣服我脱了一个又一个。您自然不例外，仁慈的夫人。所以，您就立刻中断与我之间并不存在的交往吧。

伊莉丝把我的脱衣癖好纳入我的幼稚特征。我幼稚的地方太多，已经于我很不合适。同时她又说，我永远的幼稚是我用以对抗日历的唯一资本。

我习惯了夜里让伊莉丝的耳朵为我放哨。黑暗是她的王国。现在我用一个华丽的辞藻来表达。否则我会马上赞美光明。我们住在五层，带楼顶阳台加壁炉。如果您觉得不值得对我产生兴趣，您就别再回信，然后一切就都结束了。如果您再回我一封信，我会非常高兴。

伊莉丝有驾照。我没了。她在高速公路上总是定期吃罚单，因为她开得太慢。她遵循自己的交通规则，让每一个没有先行权的人先行；她的举动出人意料，所以常常引起混乱。甚至造成险情。总有一天她的驾照也会被没收。然后我们也许就成为生物进化构想的夫妻。每当她看到我被层层怀疑所包围，她就对我说：退一步海阔天空。

伊莉丝貌似很相信句子。现在我通过您体会到，我总是倾向超越当下的情景，而且不是借助句子，而是直截了当。您总是我的方向、目标、动机。我显然还没有过这样的体验。我不得不痴心妄想，认为在您出现之前，我一直知道，我时时刻刻都知道在某一刻制约我的事情于我何用。包括各式计划、恐惧、想法。现在这些东西全都烟消云散。只剩下您作为这一切的证人。一切外在和内在事物的证人。我洗手，但我没有想到自己随后要做什么、写什么，我只知道您出现了，只想到我洗手的时候想到您。我心满意足。因为有您的存在。我显然把您当坐标。还有一个通过您得到的体验：我们老有一些无法讲给旁边人听的心理活动。我现在的内心活动就不适合日常交流。

我的脑子灵光一现：我可以把您当作目标。摆脱日常负担。在您这里。见到您之前，我对这负担没有如此清晰的感觉。后来您出现了，我就痴心妄想：把心思转向您这里，我就会摆脱包袱。我之所以痴心妄想，是因为我对您朝思暮想。对于我，这种强制是一种全新的体验。见到您之后，我的存在就有了一个指向。我突然想把经过我脑子的东西朝某个方向诉说。平时这些东西来了就来了，对它们的关注有时多一些，有时少一些。现在它们仿佛没法在我脑子里停留。它们在我脑子里碰得遍体鳞伤。想冲出去。只是朝您这里冲。不停地冲。哪怕它们跟您毫无关系。现在我相信没有您就不行。现在，引起您的注意就成为我的存在的大趋势。很傻,是吧。

我要是已经淹死就好了！我还在垂死挣扎。抵挡势不可当的事情。让未来的灾祸步步逼近。

我感觉自己像是在敲诈勒索。如果我捏造您对我如何重要,我是想借此逼着您回信？不,这个您跟我一样清楚。我们也应把这种心血来潮称作病毒感染。它会过去的。每个人都有不止一次的体验。所以,您走您的路。如果您觉得有必要,我就不想看到您写的任何东西,不想听到您的任何消息。关于您的事情,我还没法给伊莉丝说什么。我根本不知道如何把我现在的体验告诉伊莉丝。您带来的体验。这就是您最突出的影响:迄今为止,伊莉丝和我心心相印,不管心里想什么都可以随时告诉对方。现在变了。泾渭分明。我时刻感觉到,我无法把我时刻超越当下境况的思考告诉伊莉丝;我无法告诉伊莉丝,不是在您面前发生的事情,或者不是围绕您发生的事情,我都没法再进行感受和思考。

我自然也希望很快……康复？不。我也不可能比我现在的自我感觉健康许多。顺便说说:没有什么比下面这种感觉更加刻骨铭心:我在您面前做的、想的,全都毫无意义,因为对我现在体验的状态而言,没有任何现实依据。我再也见不到您的感觉跟您本人一样真实可感。我不想再见到您，我再也见不到您。但正因如此，我哄骗自己，我没有必要克服您在我内心的存在。再说，若要减低或者减缓您在我内心的存在强度，我连半点机会也没有。

好吧，现在这封信已经变成我避之唯恐不及的东西。也就是书信历险。随他吧。

身不由己的书信冒险家向您致意。

巴西尔 · 施鲁普

又及：您说您“具有欺骗性的健康外表”，我想多管闲事，给您改写为“泄露机密的健康外表”。论肤色的来历，我自愧不如。我的肤色只是归功于让我呆望天空的屋顶阳台：24 平方米 (6 × 4)。

5

亲爱的施鲁普先生，

……真奇怪，您的姓氏跟先生这一称谓的搭配不如跟您的名字的搭配效果好。所以，亲爱的巴西尔·施鲁普，您要么狡猾得令人害怕，要么单纯到怪诞地步。您二者兼有。这个我很清楚。我持二者兼有的观点，所以受到的蔑视远远多于赞扬。我们的圣人克尔凯郭尔对我们谆谆教导，就是为了确立非此即彼原则，排斥既—又原则。我早就应该撰写一本书，让非此即彼原则显现为男人的死胡同，它的确是男人的死胡同。包容一切的女性原则作为保护世界的既—又原则。两个极端相接的现象屡见不鲜。所以您不仅狡猾得令人害怕，而且单纯到怪诞地步。您随波逐流，不管奔向何方。您由此表示自己对此无能为力。随波逐流是单纯。表示无能为力是狡猾。但是我为我的生命的每一秒钟担当责任。也是我的职业使然。您,纯粹的不负责任。我,跟您恰恰相反。其结果就是:我们是彼此相接的两个极端。而且纯粹因为极端而重叠。作为极端的极端存在。一种纯粹的肆无忌惮。这就像一则实验室的规则。因有所顾忌而禁止一切不可以禁止的事情,对肆无忌惮的需要便油然而生。保罗想无所顾忌之时,他就觉得有必要发表声明,说他现在是作为小丑说话。就是说,这一回他没有遵照主的旨意,而是完全以个人身份说话。他也想吹吹牛。他在信中对哥林多人说,巴不得你们容忍我一点狂妄。然后又说:若必须夸耀,他说,我就要夸耀我软弱的事情。因我什么时候软弱,什么时候就刚强了。

现在您就有了一位女神学家从您的吹嘘表演中看到的品质。您把自己的弱项变成强项。我承认,我还从未见过像您这样的保罗弟子。您查一查保罗《哥林多后书》。这是您在单纯中透出的狡猾。

您的信使我的心归于平静。我不必告诉科比尼安您是什么人,您写了什么。科比尼安有权对现存的一切事物进行测量。您把自己搞得深不可测。我自己首先要解决这个难题。我不得不责备自己拿保罗的话来回应您,责备自己逃向天底下最狡猾的使徒。我没有做出正面回应,我躲到保罗身后。事实上,我们——您和我——都很不现实,都不想把自己的非现实强加给我们最亲近的人,对于他们,您跟我都同样充满了爱。是不想还是不能？还是不许？还是不必？

您看见了,我还在动脑筋,因为我无法告诉科比尼安,他的确从未听说过的作家巴西尔·施鲁普给我写信。我对自己说,会有这一天。到时我告诉他。而且我暂时采取和您一样的自救方法。就像您用崇拜的口吻谈论您的伊莉丝,我也可以用崇拜的口吻谈论我的科比尼安。我们用崇拜的口吻谈论自己最亲爱的配偶,这绝对是一个无法超越的话题。自我们成为交谈并能够相互倾听,荷尔德林说。他可以离我们两个同样近。

言归正传:昨天科比尼安又坐车出门了。每次我把他移交给罗德里希都要玩笑似的警告罗德里希:您好好照顾他。他知道我指的是在路上。罗德里希已经给科比尼安做了八年司机。周二去,周五回。周五晚上科比尼安总是说:如果他过早体会回家的快乐,这种快乐就会变成痛苦。他不喜欢痛苦。在庞然大物般的施泰格利茨市政厅出现在城市快速路边之前,他必须克制这种快乐。它可以施加点压力，可以催一催，但是不可以自行行动。否则他就把持不住了。进入施泰格利茨之后，他可以放松管制，让感情自由进出。出快速路以后，每等一个红灯，他都会增添一分回家的快乐。如果他的车从施维泽大街进来时我没有站在门阶迎候，他就告诉司机：挂倒挡，去阿德勒斯霍夫，俯冲实验塔①。去他美丽的公司。他总是把他的公司称作美丽的公司。他周五的归来和周二的告别都是我们的新婚。而且我们一个星期都不通电话。科比尼安：我觉得拿自己的感受来闲聊太可惜。事实上我们俩都憋了一肚子话，我们必须释放从周二到周五聚集起来的一切。血红蛋白和辩证神学之间不存在任何竞争。

他不得不忍受一个推销员的纠缠。后者说，他们公司是印刷机行业的劳斯莱斯。另一个又向他推销一个可以发现 Transmitter 公司新的亏损源头的成本管理软件，称其方法是目标明确的领导工具。科比尼安则说：发现亏损源头，这可是他很乐意从事的职业。他不让别人陷入难堪，这是——您注意——他的一个很难和强项区分开来的弱项。譬如，下面这个故事也发生在他的六十大寿引起的热闹当

① 俯冲实验塔（Trudelturm）：一座用混凝土建造的无窗圆塔。1934—1936年间曾作为飞行技术实验中心。

中：最近他被授予第 n 个名誉博士头衔，古老的大学，校长上了年纪，已经瘫痪，坐着轮椅。在宣读羊皮纸上写的东西之后，他想把羊皮纸卷递给科比尼安，没有成功，羊皮纸卷从台上滚向台下。有人想去捡，科比尼安挥手劝阻。他走上讲坛发表答谢词。他是这样开头的：高贵的羊皮纸遵循重力原则，找到了自己的路，它停在哪里就应留在哪里，它应该留在仁慈的校长夫人脚下。世界上还有征兆和奇迹。但这不是奇迹，这是一个征兆。全场鼓掌。校长夫人的年纪只有校长的一半，活力则是校长的两倍。她拾起羊皮纸卷，抱在怀中，把它当婴儿似的轻轻摇晃几下，然后递给科比尼安。科比尼安随即告诉大家，他曾多次被授予名誉博士，但从未像今天这样刻骨铭心。这就是科比尼安。

有时我感到一种恐惧，因为我们的日子过得太好。

顺便说说，我不反对我们的——这么说吧——信件往来发展成一场坦白竞赛。希腊人起初还把真理命名为“不遮蔽”。而且与宙斯的一个女儿即阿勒忒娅同名。总之，我后来者居上：居住在采伦多夫[1]的这对夫妇先从美景宫回家，然后由妻子背诵晚会上听到的各种溢美之词，然后自认为讲话失败的丈夫突然间精神崩溃，然后两人拥抱在一起，

① 位于柏林西南郊。

最后还是以做爱告终。在经历一个人头攒动的夜晚之后，我们由此体会到我们之间的距离远比别人和我们的距离近得多。

您和我都把不遮蔽当作一面旗帜高高举起。我觉得这比掐着手指坦白更好。我们之间甚至有了一段故事。巴西尔·施鲁普。当我在美景宫的圆桌餐会上把这个名字和您的人联系起来之后，我就知道了，巴西尔·施鲁普，这就是那个时不时地引起众说纷纭的家伙。坐在圆桌边上脑子里一闪而过的念头，只能用毫微作单位计算其速度。巴西尔·施鲁普，我在帮助那个又迟钝又懒惰的H教授为纪念文集组稿时想到此人。我甚至还知道我为何把您从征稿名单上拿下。纪念文集的撰稿人必须是能够让众人喜欢的人物。所以纪念文集也不如侦探小说扣人心弦。但我恰恰吃不准您是否讨众人喜欢。所以必须拿下！我甚至还考虑过是否应该读一读《喜沙草》。这本书已经成为时髦的沙龙谈资。但我随后在一篇采访您的报道里读到，您声称为自己成为沙龙谈资而烦恼。您说这本书在观点交锋中被简化成几条在书中根本没有，也不可能出现的陈词滥调。譬如：我们每个人都是喜沙草，都在装饰和加固文化防洪堤，以抵御野蛮，包括一切外在和内在的野蛮。是的，我也觉得这些话比较乏味。也许我还对您心生怜悯。但既然您只是一个争议人物而非明星,您就省得去答复约稿信件,说自己正忙于写新书,无暇参与撰稿工作。您在采访中也提到下一本书即将问世。还透露了书名。《星尘》。这个书名对我有所触动。您的一个句子在我这里幸存下来,现在我说给您听:是的,我写了一本专业书,但这是一个纯文学作者撰写的专业书。这个句子我可以翻译成神学语言。科比尼安津津乐道的句子来自他的榜样,来自伟大的蛋白晶体结构研究者罗伯特·胡贝尔:我们的无知与我们的知识同步增长。这话不只是为了安慰人。如果我告诉您的事情比我所希望的多,我就加大了您的无知。您在做同样的事情。您在编织一件单纯之中透出狡猾的毛衣,我跟您一起织!我的确相信我们的单纯。再见。

玛雅·施内林

6

亲爱的施内林女士，

彼此都不了解的人竟然有这么多知心话要说！

您的第一封信让我收集的那些向我表达好感和赞同的信件彻底贬值。只好送进集装箱。现在屋里又有了这东西！邮件。销毁这么多用语言表达的感情，本来我还下不了手，但是随后及时来了一封信，它促使我下楼把所有的信件重新打包送走。这封信因为我不回信而对我大加挞伐，不回信则是我一贯的做法，可以理解。我常常收到这类信，但是这一封特别地气势汹汹。上来就没有标点符号，对我自然而然地以“你”称。声讨力度越来越大，最后来了个登峰造极的句子：我需要你别说你也需要你自己因为我比你重要。

拜托，我不会问您我该如何回答这样的语言。这是我的《喜沙草》惹的祸。

我要坦白的事情比您多,这不需要统计。您的句子、您的词语具有一种特殊效果,初次体会后我就说它有神奇效果。也许这就是您产生影响的一个原因:您不想产生任何影响。

我马上还得来第二个更正。我为自己在圆桌餐会上拿德国葡萄酒大放厥词感到恼火,感到痛苦。有个句子我倒是三天两头地说,因为它三天两头得到验证。这个句子就是:生命如此短暂,岂能沾惹劣质葡萄酒!但是因为您和我同桌,您在一个脑部研究者的操控下不断爆发清脆的笑声(我坚持这一说法),我只好抛出一个句子,提醒您我也存在。我的话取得了预期效果。

我现在随时随地都想到您。就是说,不仅在穿鞋和洗手的时候。如果有人在信里给我写这种话,我会回信告诉对方,我不想听这类告白。或者:每天漱两次口,晚上做做体操。

宴会请柬特别注明:浅色着装,这是谁的主意?我猜是您的主意。当时您想到您那件显白但绝非白色的礼服,上面缀着编织成麻花样的缎带,而缎带间隐隐露出蓝黄相间的小碎纹。丝麻混纺,对吧?伊莉丝立刻决定穿她的血红色套装。这身套装配有肩章、口袋和腰带，颇有戎装效果。那光滑而结实的布料就已经有了这种效果。

每当我在报上读到有关男人和女人如何杀人的报道时，我就有一个再清楚不过的想法：我永远不可能杀人。这一想法让我把自己视为一个不会把任何事情当真的人。但为什么我昨晚梦见自己杀了伊莉丝？在这张信纸上，我可以比在任何地方都更无保留地说：我爱伊莉丝。平时我这话刚到嘴边伊莉丝就会摆摆手。可以说是温情脉脉地摆摆手。这意思是：没有必要。你我之间。

再说昨晚的事情：我杀了伊莉丝。我没有梦见过程。刑侦人员俯身查看死者，我们看见死者还没完全死去。她张开嘴。蹲下，问她是谁干的。她说不知道。说完就咽了气。我感到一阵喜悦。然后就醒了。我伸手摸到伊莉丝，对她进行了长时间的抚摸。

我还没有把这个梦讲给伊莉丝听，但是我讲给您听！话又说回来：我们不必理解我们所做的一切。我没法把这个梦说给伊莉丝听。现在还不行。总有一天可以。如果我可以说：几个月前我做了一个梦……日有所思夜有所梦。这个梦是一个充满恐惧的梦。我想不出，想象不出有比这更糟糕的事情。但是我为什么害怕出这种事情？但不是因为您！再看伊莉丝是怎样拯救我的——她在濒死之际还力保我的无辜。这反过来讲又跟我们的婚姻非常吻合。如果她说她不知道，那就不是我干的。梦中的我马上如释重负。伊莉丝证实不可能是我干的。这是梦的逻辑。我先梦见自己杀了她，然后又认定不是我杀的。这个梦自己否定自己。梦做自我否定，这就是拯救。

这话我说给您听，还没有给伊莉丝讲。这是背叛。

给您说点必然带有背叛意味的事情让我感觉很好。不管是背叛伊莉丝还是背叛我自己，在您面前我很乐意做叛徒。这拉近了我和您的距离。您当然可以对我说，一旦我变成叛徒，您就不读我的信了。您不想为我成为叛徒分担责任。您不想让我体会做叛徒的乐趣。我通过写信把一个共同之处强加给您，但是您拒绝它，您不想认可，这有损您的正直人品。或者有损类似的品格。总之，如果您刚才中止了阅读，我就不是叛徒。但我是一个叛徒。我什么时候都不应该给您讲这个梦。尽管伊莉丝的最后一句话让它在美好的和谐中结束。

我那桀骜不驯的良心机器强迫我把伊莉丝的一个梦也向您和盘托出。她是笑着讲述这个梦的。如果一个人只能笑着描述一个梦，这就值得我们警惕。平时很少真正发笑的伊莉丝给我讲述这么一个梦：她梦见自己是女诗人，刚刚出版一部诗集，题为《对必然性的膜拜》。联邦议长以可怕的方式对她的诗歌进行冷嘲热讽。而且是在联邦议院。而且是实况转播。随后议长登门拜访，为其冷嘲热讽谢罪。但是她不想给他机会，所以她躲他，在楼内四处躲藏，还躲到没人住的楼层。

然后呢？

她藏到某个地方，生怕马上被他发现。

伊莉丝哈哈大笑，但是我几乎难以掩饰我的恐惧。我的恐惧远比我表现出来的要大。我感觉我们的存在根基受到彻底动摇。我能给她提供的保护非常有限，无法让她免受这类梦境的折磨！我们难道不应为我们最亲近的人做的梦负责吗？但是我没法跟伊莉丝谈论这些事情。

前天又出现一桩背叛行为，尽管无伤大雅。我们应邀去四楼的S家做客。除了我们，他们还请了另两对夫妇，我们一共四对夫妇，都是知识分子。里默花园小区过去住的是军官，现在住的是当今世界的军官，也就是知识分子。其间谈到吃。每一位太太都必须说说自己怎么看待做饭的问题。我们这整个楼都知道伊莉丝长年累月地写她的《山顶农庄》。伊莉丝说，在她这里，做饭不等于自我实现。她用左手就够了。我插了一句:她可是左撇子。众人大笑,她说了一声:叛徒。她坐在我的对面,我站起身,绕着桌边走过去,拿起她的左手来了一个吻。因为我断定我们这个圈子和我们这个年龄段的夫妇不再是 C 大调咏叹调[①],所以我就利用每一个机会让伊莉丝显得令人羡慕。伊莉丝每次都试图破坏乃至摧毁我的表演。但是这增强了我的表演的可信性。

可信才是目标。您觉得我可信,我觉得您可信。从现在起干脆把什么都告诉对方,我告诉您,您告诉我。太过分了?我陈述事实,不加评论。昨天从超市回来,伊莉丝打算购买的东西没有全部装进购物袋。少了苹果。她怪我。没有责备的意思,她根本就是有口无心。她又说了一遍。我们的对话如下:你问要哪种苹果,这种还是那种,我们很快达成一致,然后我把胡萝卜装到塑料袋里,称了重量,你想把苹果装进塑料袋称重量,但是你被彩椒吸引,然后就忘记了苹果。我:我想拿苹果,但是我走向彩椒,我疯了。她:你心里想要苹果,眼睛看的是彩椒,因为彩椒比苹果更惹眼。她一边说话一边把苹果装进口袋,称了重量,走向收款台。我跟在后面。心里不服。尝到一点失败的滋味。但她一点

① C 大调可以传达一种自然、明朗、欢快的情趣。

也没有得意洋洋。她从不得意洋洋。我可以说，她有一种可怕的客观态度。我们吃饭，她做的，吃了几口之后她说：真好吃。她的口气无意表明饭是她做的。她很会吃，也很会做，所以她可以说做得好不好。她同样可以令人信服地说：我没做好。没有谁像她这样可信。她没有派性。我们可以根据她的感觉和反应来定立法典，起草宪法。我看在眼里，喜在心头。但如果我想在您面前做到真实可信——我别无所求，我就不得不实事求是。

您是真实可信的。我不知道，您还有别的什么品质，但是您真实可信。您没有读过《喜沙草》。过去没读过，现在也没有读。如果读了，您肯定要提一句。很难表达我的赞赏之情。我钦佩您的特立独行。您有一种脱俗气质。我现在要犯一个我不会去纠正的错误。我对自己庄严承诺。我从《喜沙草》里面抄一段给您看：

> 我们，挑剔者，饕餮之徒，疯子，窃听者，轻言细语者，生活在一个讲究实在的世界上的虚无者。我们，胆小者，我们活着就是要使人胆寒。制造胆寒的专家，我们。我们想让我们使之胆寒的人对我们俯首帖耳。

我自信听到您的声音。它说:接着念。我接着念:

如果要传递这样一个信息,最好别用自然主义手法,绘制一幅表现起决定性作用的愿望的油画就够了。异国情调的挂毯,汹涌的光线,一股东方的香气,俗艳的古典艺术,一套精美的餐具,名称稀奇古怪的美酒佳肴,色眯眯的目光,你看我,我看你,条件允许就必须保留形式,但随后可以弃之不管。

没法控制自己的时候,我总是不好意思,现在也是。到此为止。今后我给自己下的命令会越来越少。(眼下) 我无法想象还能给自己下什么命令。譬如:去写作。迄今为止我还从未给自己下达这一命令。现在我必须对自己下达这一命令。过去我写作,是因为不写作我就无法忍受。现在我即便不写作也可以忍受。有您做思维的起点和终点,我会心满意足。您的外貌! 第一眼的印象:您的外貌跟其他女人截然不同,等等。您的鼻子在您的双眼之间拔地而起,然后犹如一条山脉,平静地向下延伸。您的鼻孔若隐若现。但我们不仅感觉到它们的存在,而且相信它们有视而不见的效果。您的嘴巴,一道弧形的隆起地带。您的下巴,几乎有沉重感。它想把您的脸往下拉。但是您不允许。您昂着头,仿佛在仰望一个我们不认识的人。既然您是神学教授,您可能是在仰望上帝。您的睫毛。我没有注意到您的睫毛。做人怎么可以如此粗心,连别人的睫毛都没注意到。如果您的脸可以给人留下傲慢的印象,这印象就来自您的睫毛。我相信这点。您的主要特征是美丽。是聪明。是自然。这让我想到伊莉丝。这些话我恰恰也可以拿来描绘伊莉丝。但是我必须拿来描绘您。我还——这点最重要——必须告诉您。

巴·施

7

亲爱的巴西尔·施鲁普，

我们一不留神闯入一片区域，我们暂且称之为实验区域。尽管如此我们还是很负责任。我们必须试着把所有传统的批判用到自己身上。就算是实验性的吧。我承认，我满嘴都是尚未用过的词汇。如果女人也创立一种宗教，而不是去帮助男人创立的宗教取得它不应取得的成功，那该多好。

我真希望阿勒忒娅成为我的目标。

谎言与真实，这是多么可笑的区别。谁要按照传统的区分标准撒谎，谁就自欺欺人。他首先欺骗的是他自己。

科比尼安周五又给我送来由三十九朵玫瑰组成的花束。固定的生日礼物。因为你永远不会超过三十九岁，他说。

因为他第一次送我三十九朵玫瑰的时候我没有拒绝，现在这三十九朵玫瑰就成为一个仪式。我本应呐喊。像玫瑰那样呐喊。三十九朵玫瑰齐声呐喊。血红的玫瑰。露天生长的玫瑰。被剪下。为了我。我是素食者。他很清楚。但他每年都让人去剪三十九朵玫瑰。上周又到剪玫瑰的时候了。罗德里希必须绕道开车送他去一个露天玫瑰的苗圃。那里的玫瑰清香扑鼻，鲜红似血。每年至少用血红的玫瑰表达一回爱。每次我都感觉我们俩都察觉到某种难言之隐。在科比尼安和我之间，还没有什么像送花仪式这样发展到不可言说的地步。他总在周五晚上把他为我找到的花朵带回家，每月一次。经常都是天堂鸟。天啦，科比尼安，我对他说。我看见他是多么为他展示的花束自豪，所以我就表现出他期待的样子。天堂鸟！他第一次把这花带回家我就想说：天啦，科比尼安，这可是盛开在天主教地区的花朵。经常都是一大捆，不得不让罗德里希抱进来。大捆大捆的。罗德里希的右手缺三根手指。每当他必须把这些花朵的狂欢搬进屋来的时候，那三根手指的缺失便前所未有地令人遗憾。您看，我们的问题不是问题。如果我拒绝血红的、新摘的玫瑰，科比尼安马上会说：拿走。他会这么说，尽管他不明白自己为什么不得不这么说。每当我对谎言和真实进行反思，我都会想起科比尼安送我的花朵。至于玫瑰，我有权为它们惨遭切割痛心疾首！我们的大花园完全属于我，这里的玫瑰我让它们自然凋谢。

现在我也演了一点点叛徒角色。但是，当我有一次说下学期要开设关于卡尔·巴特《罗马书释义》的研讨课之后，星期中间罗德里希就来了，给我送来的是名声大噪而又臭名昭著的第一版。书上附有科比尼安的名片，名片的背面写着：

这本书等不及了。我也一样。你的 K。

这个人的本事简直让人难以置信。您不是神学家，无法估量他在短短几天之内完成了何等壮举。他弄来了 20 世纪最伟大的神学家的书！而且是在哪儿也找不到的第一版，因为这个第一版在当初，在 1919 年成为一个轰动性事件，引起了一场思想革命，后来被第二版所替代。这件事让科比尼安大显身手。第一版序言的结尾写道，这本书有时间等待。“《罗马书》本身也在等待。”您明白吗，巴特的文本跟保罗的文本一样可以等待。您可以想象这个充满挑衅的句子对舒舒服服、浑浑噩噩的新教资产阶级世界产生了何种冲击。科比尼安把这本书连带这个具有轰动效果的句子给我送进了家门，是因为我说过我下学期要开设关于卡尔·巴特《罗马书释义》的研讨课。当然是讲《罗马书释义》的第二版。但时至今日，把第一版带进课堂让学生们拿到鼻子底下闻一闻，哪怕引起一场骚乱也值得。我的计划没有实现——我胆怯。后来，当他注意到卡尔·巴特如何让我乱了方寸之后，他说，他真的很妒忌这个瑞士人。后来他有时候称卡尔·巴特为标准的瑞士人。

我可以推测卡尔·巴特这个名字对您不会产生什么触动。当科比尼安说他会真正妒忌这个瑞士人的时候，我本应声明，我不想跟一个对卡尔·巴特无动于衷的人走得太近。我们当时处于狂飙突进时代。但是我至今也无法理解的是，我没让科比尼安感受到卡尔·巴特的力量却又心安理得。现在我向您透露我的生活秘密：我可以跟科比尼安共同生活，是因为我在等待未来，等待我让科比尼安感受卡尔·巴特的力量的那一天。我对此坚信不疑。这一天必将到来。他还不够成熟。我还不够成熟。正如卡尔·巴特所说：这本书可以等待。它也可以等待我们。这里说的不是神学家卡尔·巴特，而是一种谈论上帝的方式。科比尼安有无边的宽容。有毁灭性的宽容。我也可以说，上帝对我意味着什么，这对他无所谓。所以，当您说因为知道自己不会杀人而埋怨自己不把任何事情当真的时候，我受到了触动。我喜欢这种推论。现在我往前迈一步。迈上一大步。我甚至在冒险，因为您跟科比尼安一样用毁灭性的宽容做出反应。但是我想把话说出来。

卡尔·巴特喜欢把上帝叫作未知的神，说我们只能在不对希望抱希望的情况下去信仰未知的神。因为他说没有一种人类表情比宗教表情更可疑、更堪忧、更危险。

现在我又回来了，回到他缜密的推理过程。宗教不是世人所理解的那种东西，您至少理解这一点吧？不想被扬弃，只想让自己作为是或者否来辩护的，都应受到唾弃。

所以：只有当人们既不在上帝面前，也不在人的面前寻找辩护，才会有辩护。这不是有可能的可能性，而是不可能的可能性。他是这么说的。

如果滴水不漏，亲爱的巴西尔·施鲁普，至少没有任何错误的东西存在。

而且我承认自己的信仰：一种可以被称为宗教感觉的感觉，是对彻底的无历史状态的体验。是纯粹的此地和现在。不是别的。

如果您还在读我的信，我感谢您。

我们千万别开始争论。只说一点：眼下我尽情想象我们都有一个习惯，那就是把自己的说法和辩解推向极致，使之化为反面，让我们落得一无所有。神学家话说过了。尽管如此：您和我把不能对别人说的话说给彼此听。但都是不吐不快的话。我们把不可言说的事情说给彼此听。您千万别表态。什么话非说不可，我们必然有感觉。千万别讨论。我相信我们看法一致。

我们俩只能自说自话。另外一个该怎么想就怎么想。

为防止自己说话越来越像牧师，我就到此为止。对了，我今天读到了什么：是塞涅卡的兄弟让人逮捕保罗的。

您的玛雅·施内林

8

亲爱的神学家，

您给我写信谈论的事情，对我的触动不如您给我写信这一事实本身！我有获得提名的感觉。您邀请我进入地势险恶而又风光无限的宗教大峡谷，邀请我做神学微积分计算，这意味着：您什么都知道。关于我的事情。您知道，这个您可以写信告诉我，我感觉自己获得了提名！我们避免说为什么。对我来说，反抗受难的基督不再有任何意义。他对我的蛮横控制，超过对世界上任何人任何事的控制。戴着荆棘冠的头耷向一侧，眼里透出疲惫、痛苦和苦难。在这个非凡者面前我已经下跪和伫立了成百上千个小时。面对祭坛，面对基督受难图。如果我们，您和我，不能在每时每刻写信描述我们所谓的存在，我们就可以歇手了，别再写了。

您肯定也开车，尽管您住的地方离大学只有三公里的路程。您是司机，我向您发出呼吁。当心车祸！

失败的感觉。不管是否把责任归咎于你。即便你能证明你没有责任，失败的感觉照样存在。这车祸本来绝对可以避免。这个伊莉丝！她按一贯的做派，把先行权让给没有先行权的司机，对方感到迷惑、无措，但既然他没有先行权，他就只好原地不动。伊莉丝决定还是行使先行权，但是对方又觉得这么等下去太傻，所以启动了，伊莉丝也已启动，他撞向伊莉丝。现在我的体验是：出这种事情，你爱莫能助。你心灵疲惫。人是孤独的，失败的时候我们对孤独的体验比任何时候都深刻。没有谁能帮助你。最亲近的人对你的失败毫无感受。他看见你难受，想帮助你。你感觉他不知道你如何因为自己的无用而难受。但是你最亲近的人当然想帮助你。你受苦受难的时候他不可能袖手旁观。他想尽最大可能帮助你。但是你们俩都知道：这种帮助无济于事。你知道，你的帮助是一种姿态。你知道没有用。尽管如此，你必须提供帮助。但是我现在根本无法向伊莉丝提供那无用的帮助。为了她。这个我知道，因为我曾经在她陷入困境时提供了显得非常有力的帮助。现在呢：我无所作为。我麻木的手放在她颤抖的肩膀上。我还从来没有经历过这样的事情。我发现了这一点。它没有失去任何真实的东西,除了模仿。但我们正是靠模仿的东西生活。我无法再提供这种东西,这正是您的影响。这整个的车祸故事是聊天的素材。但是几天来我一直等机会告诉您,为了您的缘故,我不拿常见的情感模仿来帮助伊莉丝。这就是我必须写信告诉您的事情,因为这是您影响的结果。我向您报告您产生的影响,我别无它求。

您的被提名者

9

亲爱的好责备人者，

我不知道有这种事情。爱莫能助。

既然我们正在把另一方当倾吐对象(我们不想知道这是为什么!),我就拿我们这里几年来绝口不谈的事情向您倾吐。

您把这种倾诉行为称为背叛。我承认,这不无道理。如果我们的两个最亲近的人到了我们可以跟他们无话不说的地步,我们就在采伦多夫(!)搞一个规模更大的晚会来庆祝我们的背叛行为。在这一天来临之前,我们就以序曲和许诺的形式,前瞻地、贪婪地、无耻地进行庆祝。神学家还要补充一点:以净化心灵的方式!

总之,快两年前的一个周六晚上,我们邀请卢伊特嘉德和路德维希·弗罗夫妇来做客。他们没来,也没有说为什么没来。我们的意大利女厨露西亚忙了不止一天,最后流下了眼泪,因为她做的卡拉布里亚佳肴科比尼安和我碰都没碰。总之,卢伊特嘉德没来,路德维希没来!我们唯一的朋友。确切地讲:路德维希是科比尼安唯一的朋友。也许这足以成为后来发生或者说没有发生的事情的原因。

科比尼安做什么事情都雄心勃勃,骑车也是。在阿德勒斯霍夫他自然是天天骑车。每年要来一次为期两周的自行车旅游。总是往山里走。喀尔巴阡山和比利牛斯山之间的山峰,只要达到一定海拔高度,他都会骑车翻越。有一次轮到黑森林。他骑车上山,去罗特豪斯,在一家高级餐厅歇脚。他在菜单上看见一道菜,为了这道菜,再崎岖的山道他也不觉得崎岖:酸汤肚条。他要了这道菜,配上餐厅的自酿啤酒。他刚开始吃,就听见有人在门口叫菜:酸汤肚条。我在场。叫菜者已经坐到了科比尼安的桌前。他们就这样认识了。第二天,两个朋友告别。路德维希去瓦尔茨胡特,科比尼安去英茨希科芬。两人的目的地:父母的墓地。从此以后他们每年都一起做自行车旅行。

我们不断地、越来越频繁地搞家庭晚宴,有时在采伦多夫,有时在卢伊特嘉德和路德维希在万湖边上的别墅。路德维希的公司名叫弗罗和福伊斯特勒公司。从基辅到布鲁塞尔，只要能赚钱的东西，他的公司统统印刷。但他最大的嗜好是圣杯印刷公司。他把中世纪变成了五彩斑斓的节日。他的另一嗜好是跳舞。他是为了卢伊特嘉德开始学跳舞的。她是他的第四任妻子，为了丈夫她换到老年组，尽管她还不到三十五岁。在路德维希的坚持之下，他们可以跳拉丁舞，尽管老年组只能跳标准的交谊舞。

他们搞业余跳舞比赛的时候，我们哪怕缺席一次，我们的友谊都不会发展到如此热烈。看跳舞比赛时，科比尼安表现出浓厚的兴趣。他生活和工作了一辈子，居然还从未坐在第一排观看业余舞蹈比赛，也从未用如饥似渴的目光观看他支持的那一对舞伴的每一个动作和姿势。这不免令人诧异。卢伊特嘉德和路德维希的确很有观赏价值。她，非常结实，一点不胖，但是——如果您允许我用这个庸俗的词汇——很丰满；他，瘦削型肌肉菜单。这俩人都很有天赋。如果他们不培养、不利用自己的才能，任其闲置荒废，那可真是令人痛心。再一个好处，就是他们只在西南地区跳舞，总是挑康斯坦茨和曼海姆之间的某个地方，总是在蒂蒂湖、奥芬堡、图特林根或者就在瓦尔茨胡特。也就是家门口。他们非常享受其滑稽的拉丁舞激情，已经有了戏仿效果。他们从未胜出过。

路德维希建立了瓦尔茨胡特舞蹈比赛俱乐部，资助雄心勃勃的训练计划，曾经的世界冠军们定期前来指导。这一对的确还参加了那些根本不考虑让他们参加的比赛。他们出名了。裁判们给卢伊特嘉德和路德维希的舞蹈动作打分时把路德维希当作不到三十五岁的人。卢伊特嘉德和路德维希不能赢得任何比赛，但是他们坚持跳，而且满怀激情。这不仅令所有的人感动，他们的出场也不断产生轰动效果。深受感动的公众和评委报以热烈的掌声。路德维希不听劝阻，坚信他和卢伊特嘉德会名扬布莱克伍德——业余舞蹈比赛的天堂，坚信他和卢伊特嘉德有朝一日会获得业余选手的最高荣耀：在布莱克伍德比赛。我的确在哪儿也没见过可以跟路德维希的跳舞乌托邦媲美的英雄壮举。即便卢伊特嘉德赛后责备他脸上的表情又像是要吃掉裁判。

最美好的经历总是在蒂门多夫海滩①。他们上午让世界排名第七的选手给他们训练三个小时，下午自己练，晚上科比尼安和我就可以欣赏这一对经过充足训练、四肢变得柔软而放松的舞伴的表演。除了比赛，还有卢伊特嘉德的农庄供我们享受。她很早就在埃施韦格附近的昔日两德边境地带购买了一座农庄，让一对意大利夫妇来管理，还养了

---

① 吕贝克附近的波罗的海度假胜地。

狗。瑞士伯尔尼牧羊犬。其中两条她总养在万湖边上的家里,来我们家的时候也总是带着来。这两条大狗很让人惊奇,因为它们总是安安静静地在我们的房子里跑来跑去。它们名叫奥赛罗和阿依达。它们显得非常好奇。到哪儿都嗅一嗅闻一闻,但从不掀翻任何东西。我刚开始吓了一跳,后来甚至喜欢上了这对大狗。我们的露西亚每次都吓得往楼上跑,卢伊特嘉德不得不去把她接下来。

但如果和两位朋友的骑车旅行相比,这一切自然都微不足道。他们每年都去。阿德勒斯霍夫是他们的起点和终点。他们十四个昼夜所经历的事情,我和卢伊特嘉德几周之后才从银幕上获悉。科比尼安还是摄影师和电影制作人,而且并非徒有热情。我们所看到的路德维希的镜头远比科比尼安多。科比尼安其实是在利用各种背景展示他的朋友的各种英姿,包括帐篷里帐篷外,还有新天鹅堡和勃朗峰之间最美的风景和地平线。路德维希小十岁,头发明显比科比尼安稀疏。如果科比尼安耽误了三周一次的理发,路德维希就直截了当地说:我觉得你头发短一点更好看。卢伊特嘉德来我们家的时候都像是刚刚从理发店出来。或许也是为了满足路德维希的愿望,她的头发剪得很短,看上去总是像一个胖乎乎的十四岁少年。但肯定没有哪种发式比这种提升其形象的男孩头更让她显得高贵。路德维希很喜欢把卢伊特嘉德的服装说成是他的设计。他自己则以一种娇贵脆弱的形象出现。尽管他肌肉发达。他可以说有一张胖脸,但胖得有条不紊。既不下坠,也不膨胀。比较柔软的双手天生是用来触碰其太阳穴的,它们让我们对他即将发布的讲话翘首以待。科比尼安毫不掩饰对他的敬佩之情。

我不得不观看这三人组合的表演。路德维希乐意扮演卢伊特嘉德的侍者。但从不手忙脚乱,而是慢条斯理。他很享受这一角色。科比尼安自动变成了路德维希的仆人。我是旁观者,我负责鼓掌。我相信,如果没有我,这个三人组合就没法演他们的戏。随后突然间烟消云散。结束了。没有解释。什么都没有。他俩双双在蒂门多夫海滩游泳的场景我至今历历在目。来回各五百米,并排蛙泳,但返回的时候是自由泳。去的时候路德维希控制自己的速度,回来时他放开游。他在仰泳中一路领先。他那长长的胳膊按照均匀的节奏悄无声息地高高扬起,然后悄无声息地落入水中,然后再次高高扬起。这是令人赏心悦目的一幕。最后这俩人带着笑声、手挽手地回到卢伊特嘉德和我跟前。看着自己的朋友,看着这位游泳冠军,科比尼安打心眼里感到高兴。比他矮一个头的路德维希跟他并排站立的时候,他作为视觉对象已经无足轻重。这让他感到由衷地钦佩。路德维希身上最好看的部位是其强壮的双臂。他的肌肉并非独立存在。看上去它们只有使身体轮廓清晰化的功能。路德维希的一个很大的,也许是最大的天赋:他很会享受胜利。就是说,他让自己做的一切都以胜利告终。有一次,他在喝完汤等主菜上来的时候轻描淡写地说他买了美国的零息债券,八二折,没有利息,但十年以后按面值百分百付现,不用上税,要是利息还得上税呢。说着举起酒杯,说:干杯。科比尼安为他真诚地干杯,他打心眼里为这个朋友感到骄傲。这正是他的伟大。

后来,就是两年前,不再来往。

科比尼安派人去调查研究,结论是:弗罗和福伊斯特勒公司在不断扩张。最近在每一个东欧国家都办起印刷厂。老板亲自处理业务。圣杯印刷公司,路德维希的宠儿,在艺术书籍印刷中依然独占鳌头。

然后我发现科比尼安不愿意听我提到他的朋友和朋友的妻子了。这以前对科比尼安是什么滋味?现在又是什么滋味?至今如此。我等待他再一次提到那个名字。只要他不能提这个名字,路德维希就是我们之间的一道屏障。我只是觉得他们中断关系的方式太令人难堪,令人别扭,有挑衅意味。我不想路德维希。科比尼安想他。现在科比尼安每年都是一个人去做自行车旅行。尽管他慢慢开始偶尔带我一起去。我发现自行车旅行比我想象的舒服。去柏林周围的湖边我总是跟着去。但希尔斯—玛利亚或者阿托斯山之旅,他禁止我去。暂时禁止还是永远禁止?谁知道。

既然不能再提路德维希,我就不知道科比尼安如何想念他。他肯定想他。我必须找到能够解释他们分手的原因。我的解释是:卢伊特嘉德禁止他跟我们交往。她很强势,路德维希首先是她的仆人。他很乐意做她的仆人。有一次,他们在蒂门多夫海滩自己练舞的时候,卢伊特嘉德的尖鞋跟儿顺着跟腱划破他的脚,最后插在他鞋里,医生给他缝了几针。晚上他们对这种血腥而痛苦的男女结合方式津津乐道,而且互抢话头。

我不能把我对他们突然中止来往的思考说给科比尼安听。没到时候。否则我必须对他说:我们对卢伊特嘉德和路德维希来说不重要。我们高估了自己对他们的意义。彻底高估。没有别的解释。但是这种解释对科比尼安太残酷。

科比尼安在我们家做的最后一件与卢伊特嘉德和路德维希有关的事情,就是让人把这俩人送给我们的所有礼物——从杯子、盘子到图书和各种摆设——收拾起来,然后打包，他想全部给他们寄回去。后来他没有这么做。这些用圣杯印刷公司的漂亮彩带捆扎的箱子堆放在我们的地窖里。从塞维利亚到基辅，不管当地的修道院和宫殿里面都有些什么绘画，路德维希发明的技术都可以让这些艺术宝藏获得新生。科比尼安不会再让我们把任何东西拿出来。装进箱子的东西像是永远要待在箱子里。或者说：必然永远待在里面。我没法帮助科比尼安，因为他失去朋友的痛苦我过去没有体会，现在也没体会。如果我做出可以分担其痛苦的样子，他会生我的气。但是，看着他为失去朋友而痛苦，我心里很难过。但是我不能说。怜悯是感情的替代品。我由此明白了这个道理。

如您所言，每个人都是孤独的。

最近有一次，科比尼安在回家那天晚上讲起他接待了一个推销商，此人推销的是打印机中的劳斯莱斯。当时我的内心交织着盼望、恐惧、希望，因为不知道他是否要提路德维希这位印刷王国的主人。他只字未提。我应该帮他？我们对于最亲近的人的最隐秘的内心世界一无所知。但如果痛苦不可以分担，什么东西可以分担？

您的玛雅·施内林

10

亲爱的过分不在场者，

我先给您写信，然后您给我写信。我回信总是——这已经够重要了——比您快。为避免陷入见信就回的可怜境地，我们，您和我，找到一种时间节奏。我们不会在十天之内回信。但也不会在十四天之后回。您有两次是等了十六天才写信。有朝一日您根本不再回信，也不做任何解释，就像你们的朋友卢伊特嘉德和路德维希突然人间蒸发，成为你们的一场灾难。按照我现在所能想象的，我不会说到时我不会想念您。我不明白为什么要向您隐瞒对我来说非常重要的事情，所以我承认，如果一段时间见不着您的信，我甚至感到害怕。我不允许自己去想象再也见不着您的信。现在还不允许。我也知道，天下没有不散的筵席，您的上一封信就是很好的教材,但是这一认识不应由我来提供佐证。我对这一认识不以为然。另一方面,您也知道,我无意用这些心里话来强迫您给我再写一封信。看看被称为怜悯的替代性情感。我倒想称之为情感替代品。不存在者,不存在。

另一方面,伊莉丝用行动做榜样,让我明白应该学什么。即便没有邮件也要等待,她说。她对您一无所知。等待具有自在自为的特性,她说。她甚至说:等待很甜蜜。这就是伊莉丝。听她这话以后,我就勤学苦练,练习无待于外的等待。我可以对自己说,我没有什么事情需要等待。即便我等待的事情出现,也只是新一轮的骗局或者自我骗局。尽管如此,我安心等待。哪怕是等待虚无。随您的便。我就是在等待虚无。这样的话我离伊莉丝也许就近了一点。

够滑稽的:和您交换句子之后,我就想起伊莉丝说的句子,此前我一直认为这些句子是纯粹的伊莉丝人生哲学的写照。伊莉丝拒绝急功近利的行为,因为她坚持自在自为的等待。她厌恶一切被人看穿用意的表演。一切功利目的都使她难受。不管多么不幸,她需要自由的感觉。最近她拒绝跟我去乌珀塔尔,因为我对她说,她在那里也许会碰到一个可能对她有用的人。

有件事情我现在就有预感:如果等待特定的对象,等待将丧失一切的尊严和诗意。它使等待庸俗化。或者说，我给自己背诵这些话，只是为了武装自己，迎接您不再给我写信那一天的到来？但即便您不再给我写信，这也并不意味着我不盼着您给我写信。

我今天泄露的事情太少。泄露的欲望没有得到满足。所以我现在泄露一点真正有分量的事情。伊莉丝在写作，我已泄露过这个秘密。这已经够分量了，因为伊莉丝声称，如果有人知道她在写作，她就没法写作。她也只是很不情愿地向我透露了她写的小说标题是什么。这是她最大的秘密。但如果不泄露给人，秘密有何用处？伊莉丝还没有达到这一认识高度。在这个问题上我比她超前。如果我向您泄露伊莉丝写的东西将采用什么标题，我会感到通体的快乐：第十三章。

这是自在的背叛。让背叛升级：她时不时地在某个地方随便放一张纸条、一张纸。伊莉丝不像我这么爱整洁。她写在纸条和纸张上的东西我全都抄下来。藏起来。在我们家，哪怕只是提一下《第十三章》都不可以，就像你们家绝对不可以提弗罗夫妇。所以我更乐意把我从伊莉丝的纸条和纸张上抄录下来的东西寄给您看。

如果为时已晚，就打电话，这是唯一的义务。

世界和意义搭配，犹如花朵与爱情搭配。

我感觉心中出现一点萌芽。

思想超越我的大脑，犹如人们穿越山谷。

拒绝别人，我就拒绝了自己。

以后我只爱我的敌人。

承认你现在待在你本来很鄙视的地方。

我相信，我倾向于喜欢他人甚过他人喜欢我自己。

每一个以我开始的句子都遭遇狭隘和呼吸困难。

如果你跟谁都无法坦诚相见，你就只好写作。

不好意思，这不够。

多数人遭受痛苦却无收获。

信仰像傻瓜一样在黑色的浪尖乘风破浪。又聋又瞎。

我的生活靠的是对穷人的掠夺。

我的生活异想天开。

最绿的青草夜晚聊天。

谈论风吹和冷暖。

有塔楼做听众。

痛苦被带上床睡觉。

屋顶上空的月亮跟死人一样。挂着的衣服手足无措。放弃让玫瑰失去绿叶。歌声把踪迹播撒在黑夜。

我想学习遗忘。只学遗忘。

我与纸张为伴，避免出去。

我不敢说出去意味着什么。

表现男人，再坏也不为过，男人总是更坏，特别是好男人、最好的男人。

男人。他们和语言的关系更轻浮。他们相信人可以撒谎。相信谎言可以得逞。他们的水平如此之低。好像谎言流露的真实不是跟真实一样多。

句子必须捆在一起，以免松散。必须有点什么阻止它们。

命运是加强句子的压舱物。完全不可理喻的东西。

夜晚到了，这不够。

我离自己很远。

换一种方式没法忍受。

如果你敢于说你同情谁，你就已成为输家。

言之无物，言之凿凿。

人们必须谈钉子，不必谈自己。

平地上我也想走上坡。

你们描述了我的皮肤，我朗诵。

这栋房子充满空虚。

喜剧源于正当防卫。

进地狱还不够。关键在于谁进地狱。

玫瑰，铁栏杆，伸手触及尽是幽灵，将尘土从下垂不动的翅膀抖落。

幽灵长有翅膀，这样至少看着像天使，我感激不已。

恐惧一定会让人捉住。

朝深处每前进一步，我都踌躇再三。

为了讨好自己，我表示自己可以召回。

其实我想得到拯救。像每个人。

没有什么像远征一样不适合我。远征不可避免。我孤身一人。

这是上下文。没有任何人任何事设置障碍。像是前有吸力后有推力。我已离开。光亮留在我身后。我的匆忙给黑暗施肥。必然性使我哑口无言。

我没有和解，但是累瘫了。

我倾听手指里的痛苦。

一切等着成为伤口。

去摸索，但是不抱希望。
我的膝盖是足够的异乡。
我逮住一个痛苦？
我照的镜子在流血？
我脑子里有一件用痛苦构成的作品？
谁在控制我？

亲爱的神学家，我把伊莉丝出卖给您，感觉很好，您对此有何评论？再说一遍：我无能为力。我现在可能需要一吨瓦格纳。伊莉丝总是把我搞得很沉重。她没法跟我谈论她写的东西，这我理解。和她相比，我轻如鸿毛，可即便是我，也不想跟别人谈论我写的东西。您可以说：这不是我的风格！或者您什么都不说。把您变成背叛同盟，我就满足了。这场背叛是我们的共同行动。

或者您写信说：很遗憾，做背叛共谋不符合我的身份，圣路加曰，圣保罗曰。我不怕将事情说透。现实的就是庸俗的。我穿什么衣服伊莉丝无所谓。我爱穿什么就穿什么，她看不见。有一阵我对此大为恼火。可以这样吗？

背叛成癖者向您问好

11

亲爱的仁慈的夫人——

对于这种称呼，我还从未像今天这样充满感激，您必须原谅我。您不必慷慨大度，您必须仁慈。您必须原谅我。求求您！我们之间不再谈论《第十三章》。一言为定。写着伊莉丝的句子的纸张和纸条从未有过！抄录伊莉丝的句子的那封信刚刚寄走，我就赶紧把这封信寄来，希望您在读到伊莉丝的句子之前收到这封信。平时我并非坚守良心的英雄，但是这一回我做得太过分，因为我不仅把标题泄露给您，我还把也许属于这个标题的文字泄露给您。我想象我们四个人在无法想象的未来的某一天庆祝背叛时期的终结，到时我们什么都可以拿来聊，什么都可以拿来嘲笑，但伊莉丝不可以，她绝对不可以得知我泄露了她精心守护的秘密。

您现在认为我提高保密级别，只是为了提高背叛的乐趣。即便如此，这也是我不知不觉，也无意为之的事情。

《第十三章》再也不会成为您和我之间的话题。假如您跟我之间还可能有什么话题。

我们的惯例要求我耐心等待，直到您对我议论伊莉丝那封信做出反应。但这个我恰恰做不到。亲爱的神学家女士，赦免我吧。请您说一句：什么事情都没发生，我什么都没读到，您良心不安说明您是好人，我们继续谈论我们的事情。

有一次……

接着您就描述上周五科比尼安冲上门阶时带来什么激动人心的消息，当时他右手拿着一种首次打入欧洲的不知其名的稀有兰花。

在您面前我还从未如此忐忑不安。

我想让事情符合您的心意。我又想由着自己的性子。二者不可兼得。我相信这点。我害怕这点。如果我在肆无忌惮的时候没有机会，我就永远没机会了。如果我目标明确、精打细算，我会自惭形秽。我根本不了解您。我怎么能让事情符合您的心意！您给我回了信，现在还在给我回信，我不得不感到惊讶。每次给您写信之后我都担惊受怕，觉得我不可以再写一封跟刚刚寄出的那封类似的信给您。然后却是奇迹降临，而且不止一次：您给我写信了。您是神学家。我没法用别的方式来解释您为何如此温柔地对待我的冒失之举。我死死揪住一个想象不放：我们是一个系。因为在六神无主的时候，我们两个都试图用词语来……我不知道我们如何用词语对付我们的六神无主。

有一些作家，他们跨越了专业鸿沟，就是说，他们探讨整体。《喜沙草》真的不能给您看，能够给您看的书我还没写好（书名为：《星尘》）。我在《喜沙草》中引述了一个比任何人都更有资格探讨整体的作家：瓦尔特·本雅明。我不得不把他派上用场，因为他描述了我关心的话题，即文化和野蛮的水乳交融。但是我不想跟您说，我只想把本雅明为我们拯救下来的美好的《塔木德》传说转交给您。根据这一传说，不计其数的新天使被成群创造出来，旨在给上帝唱颂歌，唱完就终止其存在，就化为乌有。这就是我们？最好的情况。是不是？至少我是很乐意做这种不计其数、放声歌唱、然后销声匿迹的生灵。您肯定知道，本雅明能够非常严肃地使用拯救这个词。

我刚才腾云驾雾，为的是迂回获得与您的同行关系，现在我却直线跌落，跌回属于我的现实，回到一败涂地。您先听我讲讲昨夜梦见了什么，然后您会明白我的意思。

我躺着。不知在什么地方。一个人,从我的角度看是一个巨人,朝我走来。满头银发,但嘴巴乌黑。他举着手,走到我跟前,一掌打下来,打我的脸。我的胳膊、我的双手动弹不得。我不能把它们抬起来保护自己的脸。他又打了一下。我发出喊叫。我的喊声显然超出了梦境。伊莉丝吓了一大跳,俯身看我。把我叫醒。轻轻拍我,所以我问:你干吗打我的脸?你发出了可怕的叫声,她说。我表示感谢。她回到自己的床上。我清醒地躺在床上。我不想重新入睡。我不想再睡。如果这类梦等着我。

我白天做了什么错事,导致夜里做这样的梦?教授女士?对不起,我问的不是你,是我自己。

这是否是用梦来清算迄今为止最大的背叛?

我必须受到惩罚。我有太多的事情需要受到惩罚。在梦中受到惩罚。由于这一次如此触目惊心,我去最后一次背叛中寻找原因。这个梦非常愚蠢!它不知道我们在哪一个层面交往。譬如我知道我无法跟人解释你我之间来来回回的事情。谁也不必——用一个非常直白的婚姻技术词汇——"嫉妒"我们俩。

我不想招惹您的怜悯即情感替代品,所以才把前天的梦讲给您听。语言在梦中显露其游戏本相,这一回是英语:

From strange simplicity to familiar complexity[①]。

有一个现象引起我的注意，它不得不引起我的注意：我对科比尼安·施内林毫不"嫉妒"。我必须为自己找到合理的解释。我发现，您和我的共性，只可能是您我的共性。我必须固守这一想法。否则就是虚无。作为——请允许我这么说——一对男女，我们举世无双。也许每一对都说自己举世无双，都相信自己举世无双。但是请您务必告诉我，我们从我们婚姻的另一半那里夺走了什么？我们彼此给与的，只能来自我们自己。我现在不得不给您写的话，我不可能写给别人看。

我们刚开始通信时您告诉我，作为神学家，您对我承认自己的专业书出自一个纯文学作者之手毫不陌生。读了您的话，我立刻感觉自己被一个家庭所接纳。我属于这个家庭，它的语言被我遗忘，但我还能够理解。现在我以小说作者的身份补充一句：每一部小说都是一本专业书。如果它不是专业书，它也不是小说。小说，一本关于心灵的专业书。

您的感同身受者

① 从陌生的简单性到熟悉的复杂性。

12

亲爱的感同身受者，

伊莉丝的一个句子说：我拒绝别人，我就拒绝了自己。保罗的《罗马书》里有这么一句：你判断别人，就是定你自己的罪。

我相信我还是可以把这个道理告诉那位不研究神学的女人。也许她很高兴在自身发现一个保罗的句子。

您给我写的话，在我心里得到补充：我不喜欢孤独。科比尼安可以忍受孤独。他脑子里总有目标明确的活动。他不停地思考问题。他总是在寻找答案。他只能在孤独中寻找答案、找到答案。我的拯救有赖于他人。有用性的最微小的迹象我都体验为从属感、强大、健康、幸福的预兆。我可以跟您交换信件，因为您让我觉得我可以成为体验对象和理解对象。所以我不孤独。如果您表示理解我，而且是一种令人信服的表示，我就不必持续求得自己的理解。在我的职业里，轻松的存在是终结，是死罪。我的老师，您知道是谁，称之为回眸埃及的肉锅[1]，称之为向某个主义倒退。就像猫儿四肢着地，他说。但是对你的要求就是忍受你的信仰带来的孤独。这里没有来自邻居的温暖和迁就。这两样由您提供。顺便说说，我发现我的老师跟蔑视畜群的尼采如出一辙。我最想说的是，这才是汉子气概。我把您视为一个毫不可疑的邻居。您千万别让我失望。

大脑研究者不久前来我家做客。带着非常惹眼的妻子。他散发出一种令人窒息的宽容气质。科学不能证明上帝的存在，但是也不能反驳上帝的存在，他抑扬顿挫地说。作为神经病学家，他难以想象死后的生命是什么样。在他以如此方式高谈阔论的时候，他的妻子开始给我讲述她头一天在动物园火车站经历的事情。一个醉汉在车站购物大厅里一边走一边做手淫动作。而且动作很大。他不断找路人示范其动作。大脑研究者的妻子说，他的做法已经变成一种要求：你们动手吧，逮捕我吧，对我采取点措施吧。但所有的人都加快脚步，尽快把头扭开。只要他还没有真正亮出

① 典出《圣经·出埃及记》16:3。

他的性器官，就没有人跟他配合。要想被逮捕，也必须有所付出，大脑研究者的妻子说。我发现，科比尼安本来更愿意听妻子而不是丈夫讲话，后者正在发表高见，说他的描写体系使人无法想象死后的生命什么样，说所有的描述体系其实都有界限。超越这些界限不是他的使命。

想到路德维希如何铿锵有力地发表并捍卫自己的看法，我就对他充满思念。现在应该经历第二春了，刚刚过了五十岁生日的路德维希说。他已体会到，第二春表现在无法实现第二春。所以他始终保有性能力，头脑清醒，精力充沛，性欲强烈，身手敏捷。只是他不可以成为他看上去的样子。他还想知道比他大十岁的科比尼安是否有过同样的体验。

科比尼安看着我。这意思是：你可知道，这种事情我要谈也只能跟你谈。你说吧。我说了。我说，这类事情科比尼安只能跟我谈。

科比尼安跟路德维希截然相反。所以他们如此匹配。

但是我想告诉您，我不喜欢孤独。凡是有助于削弱我的孤独存在的，都是好事。您手头挥舞着现在已经获得拯救的旗帜。我做出一副神态，仿佛这可以想象。

晚安

您的分享者

13

亲爱的教授，

我不能告诉伊莉丝，她以圣保罗的精确性体验自身！今天的一位女性在自身发现了圣保罗，对于您的圣保罗，这是怎样一曲颂歌。伊莉丝最近不说话。这是我们制定的规矩。就像别人连续几天或者几周不喝酒，伊莉丝连续几天不说话。她用放在卫生间里的纸条预告自己将连续几天不说话。纸条上写着：现在起不说话。一切事情照常发生，只是不说话。纸条上从来不写我们应该多长时间不说话。一开始我认为这是伊莉丝的一个古怪念头，我可以一笑置之。她越是频繁地搞无言日活动，我的配合就越积极。第一次无言日活动就使我明白不可以用喋喋不休来打扰她的沉默。但是，参与沉默是我后来才逐渐学会的。伊莉丝也许还会把我们变成一个修道院。我根据某些迹象猜测她在无言日里搞写作。不是写《山顶农庄》的第几集,而是《第十三章》。

亲爱的阿勒忒娅,我不得不写信告诉您这些事情,我不得不给您写信,这表明我不可救药。我感觉到了,不可救药是我唯一可靠的本事。

现在无事。将来亦无事。既然如此,我可以毫无节制。失去依靠。我可以一瞬间让自己明白,我想做不可能的事情。这话我对自己说得越晚,我回归可能性的奴役就越是困难。

我被幻想控制的时候,我在唯一可能的条件下继续生存的能力在一分一秒地消失。

形势不骗人。只是我自己骗自己。从根本上欺骗自己。别人不让自己受骗。别人以不变应万变,沉着应对或者以现实的态度坚守自己的立场。我碰到一点点假象就相信自己有所收获。如果我碰上一个阳光灿烂、心满意足的日子,但没把所有的日子或者整个的世界说得很美,我会觉得自己没有感恩之心或者缺乏感情。如果随后的一天又毫不留情地强迫我否定前一天,我就希望自己明天把今天这个糟糕的日子否定。如前所述:我不可救药。

您的信我烂熟于心。因为反复读。个别句子我可以像欣赏绘画那样盯着看。它们传递的信息比无论哪幅画都多得多。至于这是内容或者字面存在，我不知道。字、词、句可以产生如此效果，这是我的全新体验。对有些句子，那多半是比较短的、容易一目了然的句子，我充满真心喜爱。充满温柔的爱。请原谅！我们是两个发生重叠的极端。陈词滥调还能得到更好的应用吗？您居然给我提供保罗书里的句子：我几时软弱，我就几时强大。

亲爱的教授，这是纯粹的文学。我们的祖先形容天堂是一套语言，形容尘世又是一套语言。他们究竟什么时候开始这么泾渭分明的？如果您以此为题搞一个讲座，我会坐在大厅里。别怕。大厅里见不着我。您在哪里，哪里就没有我。因为这是一场空。过去是一场空。将来还是一场空。

我们的字母链条就是一根索桥，它横跨名叫现实的深渊。当我悬在半空、脚下蹬不着任何支撑时，我才体会到自身。我的活力来自您。这我体会到了。这可不是虚无。即便只有字母。我眼里看着您的句子，心里涌起阵阵暖流。发自心底的暖流。在那以前，我还不曾有过自我体验。但这一切停留在虚无的范围。这就是我们能够拥有的东西：虚无。

我希望，通过神学您已充分了解一个道理：词语之外是虚无。我们都有同一个职业：虚无装饰家。我还需要补充一点，因为我给您写信的时候总是写完之后又想起一点相关的事情：作为专业书的小说，作为小说的专业书，相关证据：西格蒙德·弗洛伊德。二十世纪伟大的小说家之一。让资产阶级睁开了双眼：他应该获诺贝尔奖，当然。医学奖？几乎不可能。但是：文学奖。您的卡尔·巴特也一样。既然所有的人都在做一件事：装饰虚无，为什么还有不同的科学院。又及：我请您允许我称呼您的名字。它吸引着我。您的名字是磁铁风暴。它是词语中的词语。我想在玛雅这个词语中沉没。

好像我受到的刺激不够多似的，您还取名玛雅。为什么不是盖尔达、英格、安内利泽？

偏偏是玛雅……

今天任人摆布者

14

亲爱的巴西尔·施鲁普，

如果您叫我玛雅，我就可以叫您巴西尔·施鲁普。如果我们直呼另外一个人的名字，我们就再次给他洗礼，或者刷新他平生的第一次洗礼。我很高兴您通过直呼名字来拉近我们的距离。还有：我父亲研究东方学，他痴迷于发生在西班牙的一切，从阿拉伯奇迹和暴力到戈雅。他只有一个女儿，不叫她玛雅叫什么？在马德里的普拉多博物馆，他让我看了《裸体的玛雅》。著名的香皂也叫玛雅，但不带冠词。您呢：巴西尔！我真高兴！卡帕多基亚的凯撒里亚主教。我非常熟悉。他可是在公元335年前后写了一篇论文，建议年轻人也要强迫自己读异教徒的文学。他提到荷马、赫西俄德、欧里庇得斯，当然还有柏拉图。

您就是这样一位巴西尔。对我而言。您用文学的箭矢穿透了我的神学铠甲。卢伊特嘉德觉得玛雅这个名字不好。我也觉得卢伊特嘉德这个名字不好。她一一说明了玛雅这个名字对她如何不合适，本来我只能说很庆幸自己没有取名卢伊特嘉德。但我还从未酒后失言。路德维希为自己的名字自豪，科比尼安的名字是他深深尊敬的父亲给他起的，所以同样刀枪不入。我们喝酒总是过量。路德维希说过，酩酊大醉之后我们也必须相互理解和忍受。这才看得出我们是朋友，或者只是偶然相识。这种现象在大城市里屡见不鲜。

成年人，尤其是生活优裕的成年人偶然建立的熟人关系会经历各种复杂考验。譬如一起看戏！约翰·纽迈耶[①]的芭蕾舞剧《仲夏夜之梦》。我整个晚上都有一个印象，即台上发生的事情超出了我的感知能力。我发现我只是用眼睛在观看。我脑袋里一片空白，几乎没什么感觉，我只看他们在台上做什么。后来听路德维希说，男演员蹦跳的高度远远不够。在莫斯科大剧院，男演员跳起半天后才慢慢落地，在这里，他们根本就没有弹跳起来。仙后和毛驴交媾的

① 约翰·纽迈耶（1939— ），旅居德国的美国编舞大师。1973 年出任汉堡芭蕾舞剧团团长。

场面遮遮掩掩地发生在后场。不,不,不!在这些夜晚,对我来说最难堪的考验总是卢伊特嘉德的首饰!她生着一对可观的、确实高高耸立着的乳房。具有冒险意味的低胸衣领不断让它们变得惹眼。而且,这对高耸的乳房每次都有耀眼的首饰衬托。她的悬挂首饰始于脖颈,然后自上而下形成越来越宽的几段,下端是一颗宝石。相对于这颗宝石,前面的一切都是前戏。为了把卢伊特嘉德变成这样一个首饰佩戴者,路德维希每次都不得不扔出大把的钱。给人的印象却是:偷来的。来自某个宫殿。即便是随时准备对人表示钦佩的科比尼安,每次见到她的最新打扮都无话可说。当然,他总是被谈话内容深深吸引,我们事后才发现他好多时候根本没有察觉到这场由首饰和乳房共同营造的狂欢。我总是着急得浑身出汗,因为我害怕别人看出我一直在拼命对她的胸口首饰展视而不见。

但是,卢伊特嘉德和路德维希之间的争执比我们和他们之间的争论来得更频繁。幸好卢伊特嘉德和路德维希的大声争吵足够频繁,因为比路德维希小二十岁而又身为其第四任妻子的卢伊特嘉德,无法忍受我和科比尼安默默忍受的事情:我们一见面,路德维希就说个不停,仿佛除了他就没有谁能说话。我们当然可以提问。可以言简意赅地表示赞同。尽管我们两家认识的时候卢伊特嘉德已经做了他十年的妻子，她仍然没有放弃晚上聚会时说几句话的权利。这两人同时说话的现象屡见不鲜。她朝着科比尼安说，他朝着我说。科比尼安最讨人喜欢的一个本事就是听人说话。他听人说话的时候一点也不会让人觉得他是哑巴或者有耐心，他会显得很感兴趣，甚至着迷。有时我也必须承认我很乐意听路德维希说话，而且想一直听。这要归咎于他自己对自己讲述的事情充满兴趣。既然他讲述的事情如此重要，听者也觉得很重要。即便我不得不承认我不像科比尼安听得那么出神。

卢伊特嘉德动用其一切资本为自己争取说话的权利。她的年龄，毫不留情。她的博士头衔，毫不留情。路德维希虽然上过大学，但他觉得学了艺术史又无法学以致用，那就毫无意义。所以他建立了圣杯印刷公司。后来又成立了让他赚大钱的弗罗和福伊斯特勒公司。但是他知道如何对付卢伊特嘉德抢话头的努力。如果她为了插话而不管不顾地大声来一句：这是我见过的最美好的事情！路德维希就会以一种危险的温柔腔调说：好吧，现在就请你告诉我们你见过哪些最美好的事情。有了这样的开场白和路德维希的邀请，卢伊特嘉德随后讲述的事情必然陷入滑稽。但是他随后会亲吻她，对她说：因为你觉得这些东西很美，所以我爱你。

但是卢伊特嘉德不想如此就范。既然这样，她就拿她亲眼目睹的、让这位先生很不喜欢的事情讲给我们听，她大声嚷道。在圣十字港市中心，熙熙攘攘的人流中突然出现一块空地，他们走过去，然后被迫赶紧走开。她倒很乐意停下来看看。他拉着她往前走。纠缠在一起的浅色的母塞特犬和黑毛的公狐狸犬试图彼此分开。公狐狸犬朝东，母塞特犬向西。也许是它的性器官把公犬钩住了。两条狗可怜巴巴，仿佛知道自己的处境多么悲惨。它们需要帮助，但是大家都匆匆走开。路德维希和她也一样。但这是路德维希的意思。她自己养狗，当然知道怎么做才能帮助那条母狗。总之，如果你跟一个一本正经的男人结了婚，你和他就没法去南欧逛街了。她这么说话，是为了刺激路德维希。她成功了。

他立刻判若两人，他驾驭句子不再像在驾驭八套马车。大家都察觉到他认为必须为自己辩护。任何人进行自我辩护都会陷入不利。他说他年轻时就去过南欧。他不是同性恋，但众所周知，同性恋比非同性恋潇洒很多。然后他就滔滔不绝，为自己辩护，不让人把他视为同性恋，尽管没人说他是同性恋。他每说两句话就强调一次：我不是同性恋。

但他说他年轻时自然也飞过摩洛哥,带回来的不仅有带流苏的羊皮夹克,还有肝炎。在那个地方,肝炎等待着每一个同性恋。当时他的出租屋内堆满在摩洛哥的旧货市场买的东西,看起来就像一个男同性恋妓院。

他滔滔不绝,只是为了一面说出带有男同性恋这个词的句子,一面说自己不是同性恋。我不得不回应说:真可惜。我们在一起的时候,我还觉得这个话题探讨不够。对于路德维希和科比尼安的友谊我很想多一些了解。

有一点我觉得很重要:科比尼安被路德维希讲的事情深深吸引,但又不愿承认。科比尼安也是一个女孩。他也是一个男人。正是这一点使他产生一种挡不住的魅力,他有一种温柔而无助的无情态度。总之,您的伊莉丝注意到了这点。

我受到您的传染。我想给您写几句话,写点具体的事情,由您的上封信引起的事情,随后却写了风马牛不相及的事情。其实我必须禁止自己一边给您讲述卢伊特嘉德和路德维希的故事,一边出卖科比尼安。这是出卖的乐趣,对吧!这是您害的。

其实我想写信告诉您,您打的索桥比方需要从新教的角度予以纠正。我们的索桥建在空中。它还没有达到对面的支撑点。我不像您，不会贸然动工，我要利用一切可以得到的帮助，所以我可以向您提供：悬空的存在。

您的，我们的词语桥梁建在空中。现在还谈不上坚实的桥头。我允许现实作为深渊存在。暂时。我们假设您的桥也是我的桥。一个新教女神学家从她的老师那里学会了无前提地思考、感觉、写作。老师说，在“自由的空气”里翱翔。没有保护措施。“不受保护措施的制约，”老师说。您的语言桥是一个单纯的隐喻。我想引诱您把桥梁修建到毫无前提的空中。我们不知道它最终降落何处。但是我们不能放弃，我们要把桥梁修建到毫无前提的空中，从词语到词语再到词语。

我得意忘形，把圣灵当作提白员。如果与无前提打交道，我比您优越！您要积极地看待这个问题！您完全可以说自己幸运，因为您在贸然下笔的时候就碰到一个从事这类写作很有经验的人。我会给您寄来一份清单，让您看看卡尔·巴特在哪些地方论述过自由翱翔。因为这些思想对您来说很费脑筋，所以我就此搁笔。如果您相信新教神学，您根本就不会予以考虑，我就不拿它打扰您。虽然这不无遗憾。

您的心情愉快的女神学家

15

亲爱的老师[1]，

听了您的空中桥梁高论之后，我就拜您为师；这座桥梁同样无前提，而且拒绝保护措施，所以它是纯粹的神学。我想抓着字母索桥战战兢兢接近您。相比之下，这座索桥是多么具有此岸特征！我说的一切都具有此岸特征。因为我不敢向您透露伊莉丝的无语日具有多少世俗动机。

我现在向您透露的，是我想象的真实情况。伊莉丝没有这么讲。无语日活动开始没几天，我就明白一点：不能问为什么。我也知道，如果向另外一个人询问他做出某个非同寻常和令人吃惊的举动的原因，就是在强迫他表述一种不宜表述的内心状态。所以我没问，我跟她配合，但这并不

① 原文为西班牙语：Maestra。

妨碍我寻找她采取反常举动的各种原因，甚至也许是唯一的原因。这就是我找到的原因（我很高兴您使我能够最终把它说出来）。有一点很明显，我把真正的决定性因素进行了触目惊心的骷髅化处理。

三十年前，二十五岁的伊莉丝·托布勒刚刚成为一名医生，慕尼黑毕业，兽医专业。她的毕业论文探讨的是通过逆向杂交把狗重新繁殖成狼的可能性。当时她还住在她父亲家里。父亲在洛伊珀尔兹维勒[①]做兽医。她的毕业论文满足了父亲的一大愿望，因为父亲在洛伊珀尔兹维勒有一个狩猎场和一群想拿来逆向杂交的狗。女儿成功地利用了父亲创造的条件。她刚一毕业就想出一个写作项目，命名为“山顶农庄”。一部讲述一群十一岁至十五岁的孩子如何经营一个农庄的电视连续剧。他们过的生活，是十一岁至十五岁的孩子在没有大人，也无须长大的情况下必然要过的理想生活。纯粹的乌托邦。她把剧本送到位于慕尼黑的巴伐利亚广播电台，被主管青年频道的雷泽女士约见。约好三点在电台的食堂见面。她两点半就到了。她耐心等待，直到雷泽女士过来。后者三点半才来，深表歉意。她和台长在路上遭遇了由国宾车队造成的交通堵塞。

① 虚构的地名。

但命运随之降临。三十岁左右的建筑师贝亚图斯·尼德赖特也到巴伐利亚电台办事,约的三点半。他习惯观察周围发生的一切,所以注意到一位年轻的女士在等候。他坐到她旁边,说:您在等候!

伊莉丝:跟您一样?

他:我来得太早,我不是等候。今天从柏林到慕尼黑的超车道一路畅通。我绝不会等迟到者。跟我约好见面的人,不管男女,如果到时没来,我会转身就走。我建议您也这么做。您站起来走人。求求您。哪能让您这样一个人苦苦等待。

伊莉丝:我没等。我来早了。我应该三点钟才到。

三点过后,他又开始劝说。他说她不应容忍这种事情。如果她现在容忍,她一辈子都会跟现在一样被人晾在那里。

这时,雷泽女士进来了。她跟伊莉丝热情洋溢地打招呼,表示很不好意思,而且马上告诉她,自己很高兴能够接待“山顶农庄”项目的创办人,这项目太好了。但贝亚图斯·尼德赖特再次多管闲事:怎能让这样一个人苦苦等待。

雷泽女士承认他说得对,但是她和台长在路上遭遇了由国宾车队造成的交通堵塞。等等。

她和伊莉丝离开的时候,建筑师带着一口几乎没变的巴伐利亚乡音对她大声说,他六点来这儿,希望她也一样。

伊莉丝六点前进了食堂，手里拿着最优惠的协议，建筑师已经到了。他说，很明显，她的计划显然不可能在洛伊珀尔兹维勒实现，长话短说：她和他去了柏林。开着黑色法拉利。伊莉丝跟着去了，在施拉赫滕湖[1]得到一个住处，开始工作，变成了建筑师的女朋友。不只是女朋友。建筑师已是国际知名人物。他在去柏林的路上就告诉她，他将用自己的构想征服世界：性别建筑。这个世界的条件已经成熟，可以接受这样的建筑，由于他，这个世界的面貌将焕然一新：未来的建筑要么是男性外观，要么是女性外观。上海是否建造一座国家体育场，或者圣保罗是否建造一座综合体育场，这要等他适应当地生活之后再决定。

十年后，他的确获得了世界声誉。伊莉丝坚持并忍受了四年。后来她自立门户。她的"山顶农庄"取得了成功。农庄在前阿尔高地区[2]落户并蓬勃发展。年轻的女作家伊莉丝·托布勒的妙笔更使农庄名声大噪。她离开了贝亚图斯·尼德赖特，愤怒之王和爱情之王。不到三十二岁就嫁给了作家巴西尔·施鲁普。两人都在柏林。没人能够跟尼德赖特长时间生活。

---

① 位于柏林西南郊。

② 位于德国巴伐利亚州南部。

成名十年后，他得了一场病。多发性硬化。经过五次阵发以后，他坐上了轮椅。这时他要求伊莉丝·托布勒陪伴他。她来了。她每个月至少得拿一个下午推着他在城里逛。而且总是穿行斯大林林荫大道，现在叫卡尔·马克思林荫大道。这是他的愿望或者命令。他的司机把他送到施特劳斯贝格广场，他总是在这里跟伊莉丝见面。他依然是愤怒之王和爱情之王。这是他的自我任命。伊莉丝每次兜风归来，我们都要开始无语之日。几乎总是如此。或者说经常如此。但多数时候是她从斯大林大道一回来就进入无语状态。愤怒之王和爱情之王依然把那条林荫道叫作斯大林林荫大道，当伊莉丝推着他穿行卡尔·马克思林荫大道的时候，他常常大声宣布这是斯大林林荫大道。到了苦艾酒酒吧，他才闭嘴，他在这里喝他的潘诺茴香酒。伊莉丝必须跟着喝。她声称这种饮料很好喝，但是我没喝过。他反对剥夺这条大街的旧名，称之为野蛮行径、愚蠢行径。

总而言之，在很长一段时间里，我相信无语日是伊莉丝推着轮椅兜风的结果，直到伊莉丝告诉我真相。无语日结束后，她的确总是很乐意讲述愤怒之王和爱情之王的故事。他也把自己所有的相册都寄给了她。我承认，我喜欢看他设计的国家体育场、综合体育场、博物馆、别墅。我认为把建筑分为男性和女性很有意义。只要多发性硬化阵发没给愤怒之王和爱情之王造成永久性损伤，我可以考虑请他来为我修建寒舍。女性外观。前提是伊莉丝赞同。

亲爱的玛雅·施内林，真希望您是允许我描绘这张素描的。

您的纯文学作家

16

亲爱的朋友，

我们在为相聚那一天做准备：两对夫妇将以史无前例的方式相聚，经过如此精心的准备。我们，您和我，只求一点：没人怪罪我们做了准备工作。

现在我必须告诉您一件事情，这件事情必须而且只能告诉您！科比尼安还不可以获悉此事。否则他将受到前所未有的伤害。是这样的：路德维希出了一本书。书名：《鸿鹄之志》。媒体为之欢呼雀跃，对作者充满敬意。一个来自经济界的大人物对我们敞开了心扉。失败者、马失前蹄者、半途而废者总是去文学中为自己的挫折和怨恨寻找补偿，得到补偿。这种现象我们已经习以为常。但是路德维希一路凯歌，从成功走向更大的成功。现在他对成功做内部剖析。《鸿鹄之志》令媒体欢呼雀跃，因为路德维希写得轻松、诙谐、大胆而且放肆，但又如此具体、实在、可靠、丰富、真实可信。真实这个词出现频率最高。亲爱的朋友，如果我们在这篇讲述飞黄腾达的故事里面不是以我们已经出现的样子出现，这些对我们来说就无所谓，甚至求之不得。

首先我想从书中摘录几段，以证明我完全能够欣赏他的表达能力，如果有必要，我还可以表示钦佩。如果你跟路德维希有过长时间的友谊，你当然知道书中描写的许多事情。这本书不是写出来的，而是说出来的，也就是口述而成的。这一点可谓有口皆碑。这本书的结构就意味深长。书分三部分。有人说，这就是三联画。《同学》。《朋友》。《帝国》。我对《同学》的印象最为深刻。路德维希寻找他在瓦尔茨胡特的中学同学。十一个还活着，三个已经死了，全都事业有成。路德维希对其男女同学取得的成就津津乐道，表示由衷的钦佩。但无论他找到的同学做什么，无论这位同学是加拿大的成功的啤酒酿造商还是西弗吉尼亚州的消防队队长还是悉尼的建筑师还是威斯特法伦的护林员，他都像是国王在探望其随从。就是说，故事能够讲下去，是因为国王对他们所做的一切、所实现的一切都充满兴趣。但既然他听到的事情出奇地多，他的叙述又非常地诙谐而且放肆，所以大家都乐意往下看。他开篇就讲述他刚刚做的一个梦，以此说明瓦尔茨胡特给他留下了什么印象：他的性器官是这个小城的五朔节花柱，当地的少女都争先恐后往上爬，为的是亲吻柱头。

然后是《朋友》。这正是科比尼安无法忍受的。我们早就知道，路德维希有的是朋友，我们却只有他和卢伊特嘉德做朋友。他张嘴就是我的朋友某某某。全都是有身份的人。科比尼安和我曾在背后笑他有这么多的朋友，但全是显赫人物。置身这个由名人组成的画廊，我们可以感觉很舒坦。

他在书的最后一部分谈的全部是名人。他不提名字，只是描绘并指出他的朋友缘何成为名人。他描绘同学的那种感人或者滑稽的笔调，现在让我觉得无比难堪。哪怕他只是一个探望子民的国王，他对瓦尔茨胡特的朋友的爱也表现得非常感人。但是他不能爱跟他一样功成名就的人。关于后者，他只好说他们未能满足他对友谊的渴望。和他现在不得不打交道的人相比，瓦尔茨胡特的那些同学多有意思。现在这些人充其量是“感人的小人物”。这是他对一对夫妇的形容，这只可能是科比尼安和我。他注意到那位丈夫的右手中指的指甲比其他指甲剪得短。这表明，他在和妻子做爱时先用中指把妻子引入亢奋状态。这位丈夫在无数个夜晚用指甲修剪成这副样子的右手拿醒酒器，给每个人斟酒，让大家兴高采烈。谁都看得到那根漂亮的中指，谁都浮想联翩，但谁也没有对如此保养其中指的男人表示恭维，哪怕问个为什么，譬如问他妻子这中指好不好。如果性事在一个社会中沦为外语或者大众娱乐，他宁愿退出这个社会。性交当然不属于自然范畴，性交是艺术。这门艺术要求每一对男女表现创意。人人都应表现创意，以便每个人每一次都可以对另一个人说：从未有过这种体验！每一次都应做到前所未有。

对人要求不高的，也不想慷慨对人。这是一条法则！

别忘了：唤起他人的性欲比唤起自身的性欲更美好。他说他从一开始就拒绝给人性交跟爱情有什么关系的印象。性交是一门艺术。而且跟其他艺术一样，都是为艺术而艺术。爱情和性交没什么关系，就像音乐和物理没什么关系。要求性器官表现出性格，那是文化野蛮。他的性器的表现总是取决于跟他做爱的女人。

有一次他对一个女人俯首帖耳，因为这个女人在电话里说：如果你到了我这儿却不立刻扑上来，你根本不用来。他从来没有跟一个比昨天的报纸还让他兴趣索然的女人睡过。一个平常的女人，高潮过后的表现可以跟波音 747 的降落过程相比：轮胎一旦触地，便立刻打开襟翼，实施涡轮反向推力，做紧急刹车。顺带说一句：不管恋爱中的男人如何千差万别，一旦他们对自己不再喜欢的女人残酷起来，都是一个样。他也必须承认，头两次是他主动提出离婚，他哭了，被他离婚的女人还安慰他。第三次离婚是女方提出来的，他就不再落泪。

人们不能期待他撒谎。每个人都看得出谎言背后藏着什么真实。他随时都可以接管或者征服朋友之妻，但是还没有一个朋友敢打他的主意。一个敏感的女友责备他用牲口贩子的眼光看女人。他由此推断，他用牲口贩子的眼光看这个女人的时候太少。

亲爱的朋友，这个女人就是我。我不知道自己怎么能够忍受这种辱骂。科比尼安如果读了这本书，肯定受不了。他会发现与这个男人为友的愿望多么丢人，多么荒唐。他书中讲述的许多事情我和科比尼安都知道，我们整夜整晚地看过他的表演。读到书中描述的场景时，我想，他把我们也当测试对象使用。他用我们的反应来训练自己讲故事的能力。譬如：第二春。他在书中写道：他从自身经验得知，依赖第二春意味着什么。第二春就是你不再使用之后才真正享受的能力。或者：火腿的故事。他告诉餐厅服务员，他要了煎火腿,但没说要酥皮。然后他解释如何把火腿烤脆但不让出酥皮,还要求服务员把做法写在纸条上送给厨房。服务员真的做了记录。这是我们知道的故事。但现在结尾又添加了一句话:这是一位靠诚实挣钱的客人的口述结果。吃面汤的时候他总要一把叉,因为他祖父在萨格勒布也是这么做的。这个故事我们也知道。然后是跳舞的故事。

天啦!现在可以读到路德维希·弗罗引述查拉图斯特拉或者说尼采的句子:必须心中有一个混沌,才能产生一颗跳舞的星球。这句话是我在蒂门多夫海滩告诉他的。他们白天练舞,晚上和大家坐在一起聊天。他感叹道:跳舞是生命乐趣的最纯粹的表达。我受到一点触动,所以给他提供一个句子:亲爱的路德维希,不止这个,我们心中必须有混沌……另一方面,这是他的天赋,凡是能够拿到手的他都用来装扮自己。他很会顺手牵羊。我坚信,口述的时候他若想起尼采这句名言,他也会想起这句名言是我某个晚上在蒂门多夫海滩提供给他的。科比尼安不可能使用这个句子而不注明出处。路德维希根本不知道什么是不好意思。他是卖弄高手。他什么都卖弄。

现在说说第三部,标题:《帝国》。

亲爱的,最亲爱的朋友,对于我,您从未像现在这样重要。帝国的灵魂：圣杯印刷公司。从布鲁日到基辅，从帕勒莫到斯德哥尔摩——没有一个地方可以把祈祷书、福音祈祷书、《圣经插图》、《圣经》译本印刷得跟路德维希·弗罗一样漂亮。提到他那些照样无人匹敌的大众印刷品的时候，他也非常温柔，但说得很随便。卢伊特嘉德在柏林师从黑里贝特·布伦施图尔，撰写了有关奥托帝国时期的插图绘画的博士论文。这成为他把自己的读博经历改编成怪诞—滑稽故事的由头。这个我们也早已知道。他的博士论文残片都保存在一只银色箱子里面。有一次他们外出三周，万湖别墅遭遇入室盗窃，箱子也被盗贼拿走。路德维希的反应出人意料：他非常高兴。他曾真心希望用这篇研究罗马式绘画中的裸体表现的博士论文出个前所未有的风头。现在他得到了拯救。他终于摆脱了博士论文。再写一遍：不可能。卢伊特嘉德和他庆祝别墅失窃。卢伊特嘉德成为家中唯一的博士。但是有一天，园丁在花园里发现了银色的箱子，敞着，纸张四处散落，被雨水淋得乌七八糟。园丁把纸张搜集起来，晾干，然后向老板报告被扔到围墙外面、长期散落四处的都是什么东西。路德维希感到震惊。博士论文！一切从头来？

两天后，德累斯顿理工大学来了一个通知：他在候选人中脱颖而出，成为该校的名誉博士。他又显出他的高明。他接受这一荣誉，让人在颂词中把他誉为印刷业中的强力王奥古斯特。随后致答谢词的时候他却来了一番清算。他对自己进行清算。他最难以原谅自己的事情，就是他没有拒绝名誉博士头衔。当然，对于德累斯顿理工大学，他没有什么好责备的，他只有感谢的份儿。但是他永远、永远不能原谅自己没有拒绝接受自己常常在思想上和言论上进行诋毁的东西。现在他接受这一荣誉，就好像他是那些堕落的、相互赠送头衔的教授们中间的一员。他还从未像现在这样堕落。在各种窃取不朽的手段中，这是最可笑的一种。在此他真正露出了讽刺锋芒。名誉博士应该叫作恢复名誉博士。他会冒出来这类小玩笑。但有一点他却直言不讳：他让人把他誉为印刷业中的强力王奥古斯特。他甚至坦承，只有一所德累斯顿的大学能够引诱他背叛自己。这就是德累斯顿。德累斯顿依然是强力王奥古斯特，强力王奥古斯特一直都是他的榜样。他自然很谦虚地把自己描写成这位国王的小学生。但是他随后就讲他和强力王奥古斯特的共同之处，讲他在自己的哪些性格中发现了强力王奥古斯特所产生的影响。然后总是配上谦虚的反讽。他的写作和那些躺在草地上反刍的奶牛做的事情最有可比性。奶牛产奶，如果它们想活下去，奶就必须挤走。草对于奶牛的意义，就是现实对于我的写作的意义。写作者犹如奶牛，吃青储饲料会减少产出。

他越是起劲地自诩为强力王奥古斯特，他就越是疯狂地贬低自己，这样才让今天的人觉得可以接受他，甚至可以欣赏他。

对于他这番咄咄逼人的奇谈怪论的结尾，我们不能不表示某种敬意。既然他几乎把演说中提到的一切都拿来直接或者间接地美化自己，我当然关注他如何在演说的结尾进行卖弄。因为他的荣誉博士授予仪式是在2001年9月11日。上午是大学的官方活动，晚上计划在塔森博格宫[①]，也就是德累斯顿的顶级餐厅，举行盛大宴会。邀请了99位客人。全是头面人物。我们不在被邀之列，因为我们一年之后才认识了卢伊特嘉德和路德维希。晚上的庆祝活动必然要失败，因为人们下午获悉了纽约发生的事情。99个名人中间来了12个。路德维希感谢那12个到场的客人有勇气不理会那起震惊世界的事件，他同时感谢87个没来的客人做出充满细腻情感的决定。在这样一个日子里，做什么都错。他承认有失败感，他被本·拉登打败了。他从未败得

① 属于凯宾斯基酒店集团。

这么惨。他知道,这一失败不是偶然,而是必然结果。这是对其一生、对其毕生劳动的总结:毫无价值。说罢,他举起酒杯说:干杯。他干了一口,然后祝福大家胃口好。

这是书中的内容。他就这样结尾。

亲爱的朋友,这个结尾让我很悲伤。读这一段的时候,我恨不得紧紧握住他的手。

啊,我的朋友,告诉我怎么办。

酸汤肚条当然不会不提。他的评论非常尖刻:通过童话般的美味汤汁认识的朋友,不是个个都会成为美味汤汁给你许诺的朋友。

亲爱的巴西尔！怎么办？如果科比尼安自己发现了这本书,又没有任何保护,那么——我真不知道会发生什么事情。巴西尔,帮帮我!

还从未如此依赖您的帮助的

玛雅

17

亲爱的朋友，最亲爱的玛雅，

这又有怎样的人性启示：您身处水深火热之中，我却沐浴着幸福快乐，因为您呼唤我。

在这座空中桥梁上，您还从未朝我的方向走过如此之远。我读您所有的句子，感觉都是直接的接触，但是现在，现在您的句子离我这么近，让我感觉到您告诉我您如何痛苦不是一件小事！亲爱的玛雅，这是怎样的人性启示？您陷入困境，我却因为您陷入困境而幸福快乐！和您的近距离给我带来前所未有的快乐！我可以高兴吗？不可以，绝对不可以。我高兴吗？当然高兴。请原谅。千万要原谅我。

我当然也注意到《鸿鹄之志》，我马上订购了一本，然后一气读完。我承认：为了您的缘故。我没法喜欢这个路德维希。我觉得他太张扬。他怎么就确信我们对他口若悬河的一切都感兴趣。尽管他努力说自己的不是,我也不信他说的任何话。我什么都不信。他命中注定无法产生自我批评的冲动,更不会做自我批评的陈述。迈达斯点石成金,他是一张嘴就吹嘘自我。为了来一点自我批判,他做出了巨大的,同时令人难以置信的努力,这的确使我受到一点触动,但我没法对他产生好感。他天生打上了坚不可摧的自恋的烙印。如果是一台机器,人们会说,这使他变得很不兼容。他可能和他的卢伊特嘉德之间有一个没有用文字表述,但日日夜夜都在履行的协议。她很清楚对他不能有什么期待,凡是不能得到的,她都让他用人性之外的货币进行支付。她的收益可能绰绰有余,所以他没有爱也活得挺好。

既然跟他最亲近的人都不得不依靠这类补偿过活,其他人对这个自私的迈达斯还能有什么期待?无所期待。永远别期待。您和科比尼安相信自己跟他们亲密无间,你们感觉他欣赏识你们,而且不仅仅是赏识。你们很欣赏他。而且不仅仅是欣赏。不是科比尼安一个人。但是我要说:他的举止,也就是他的不辞而别和《鸿鹄之志》,并未使您蒙受损失。您没有失去什么,因为您一无所有。您失去的只是错觉。

非常抱歉！跟科比尼安我不会这样写。跟您，我相信必须这么写。我们必须在内心深处承认自己一无所有。我们可以唤醒这种感觉，使之化为场景、经验、感觉。曾经有一二三四个事情，事情如此这般。现在依然历历在目。您早就给我描述过那人如何总是利用别人给自己创造表演机会。

亲爱的玛雅，您给这位哗众取宠高手充当观众，这实在太可惜。还有：我现在促使您回忆的这些事情您早就知道。是的，他的仰泳，他的肌肉菜单，他并未独立的肌肉系统。这些都看不到了，也不再有人端到您眼前来，这的确是一个损失。科比尼安失去了很多，比您多得多。您必须想方设法，不让科比尼安看到这部光芒四射的口述作品。众所周知，时间久远之后，一切都易于忍受。现在我想保护您，不让您产生接近痛苦的感受。

亲爱的玛雅，请让我扮演并不存在的人性专家。对于痛苦，亲爱的玛雅，我们大家同样精通。

您也让我说几句大话，让我吹嘘一下自己的痛苦体验。我当然可以把痛苦体验告诉他人。我总是试图把痛苦跟它的诱因分开。我对诱因轻描淡写，以便最终只剩下痛苦。然后对它进行安抚、温存，热情地将它吸收到心灵深处。您也许可以试一试。我想做点积极的事情。我想分散您的注意力。

亲爱的老师(您在我这里还是成了老师),如果我等待,我总是在等您。每进来一个人,我就失望一次。我发现我等的不是进来的人,而是您。我知道您不会来。我等您。我从伊莉丝那里得到启发,发现我可以做一件事情,那就是等待不来的人。

我昨天做了一个尝试。在爱因斯坦咖啡厅。没有比这更热闹的咖啡厅了。事情是这样的:我不知道自己为什么走进爱因斯坦咖啡厅。我不能说:我想去。但是,当我走在腓特烈大街上,为了您而喃喃自语的时候,我突然发现我为了您的缘故去爱因斯坦咖啡厅。进去的时候,正好五点差十分。此前我心里就有了一个期待:我和您约会。在爱因斯坦咖啡厅。当我意识到这一期待时,我对自己说:瞎扯!我不能如此轻率地给自己准备一场失望体验。咖啡厅里人很多。但是我一眼就看到一张带一把椅子的小桌子。而且没人。别人至少都是两人结伴而来。没人坐的椅子也堆放着挎包和手提袋。我本应该走过去问问,而且带着责备口吻问问这把椅子可不可以首先让给一个人而不是让给女士的坤包和购物提袋。完全按照椅子的天然使命。我勇气不足。所以我坐在这张小桌子旁边，自然而然地想象您走进来，然后一眼发现我，然后径直向我走来，我却没有给您准备一把椅子！因为我没法给您一把椅子，所以我一直想着您会来。很明显，这个地方我不能待。我用一张十欧元的钞票招呼服务员。这时已经五点十分了。侍者终于来到我跟前。您这么着急？他问。我说我在等人，这里却只有一把椅子。侍者哦了一声，然后从一堵隔断墙后面抽出一把椅子。就像随手从空中拈来。然后放在我的小桌旁边。这椅子是他玩魔术变出来的。我松了口气。安心等待。这种时候在爱因斯坦咖啡厅进进出出的显然都是金发女郎。我对您的回忆一刻也没有遭遇被进进出出的金发女郎们扰乱的危险。尽管如此，这些络绎不绝的女人却使我产生希望，我觉得您可能出现，我甚至觉得您一定会出现。我突然有了这一想法。我为什么进了城？为什么恰好进了这家咖啡厅？现在撞上这些络绎不绝的女人！说去说来，这一切都只有一个目的，那就是让我在女人堆里发现您。所有这些端庄貌美的女人都只是复制品，原作缺席。旁边一张小桌子上坐着两个老太太，她们不言不语，一勺一勺地把大杯冰激凌吃得干干净净。我来这里就是为了看这个。没错。现在服务员开始对我表示关注，什么时候我总得向他承认我的约会显然失败了。

在回家的路上我反复回味您的信。我很兴奋,因为您本想写信告诉我什么事情,后来写出来的却是另外的事情。您在一封写给我的信中不断提到卢伊特嘉德和路德维希!我胡思乱想,觉得卢伊特嘉德和路德维希这一写信素材反映了您写信时的心境。然后是您想写信告诉我的事情!我的索桥画面多么廉价!和您的,和我们的无前提关系相比!女神学家把纯文学作者击得粉碎。后者败得心悦诚服。在回家的路上我一步一步地回味您的信。我保持理性的时间太长久了。习惯的笼子及其附属品。通过您,我感觉自己一度失去疯狂。您就是我的疯狂。这一切都是通过信纸。生活的愿望。不听。别的。只听。自己的声音。

我开车回家。警车拉着刺耳的警笛从我身边呼啸而过,让我感觉前所未有的舒服。我毋庸讳言。我甚至默默地念出这样的句子:这比第九交响曲还贴近我的心。幸好伊莉丝刚刚为无语日揭幕。伊莉丝是女神。对此我确信无疑。您是什么,我不可能知道。我根本不了解您。那么我朝思暮想的又是谁?这个您会告诉我。

还有一件事情必须告诉您,以便您理解我为何魂不守舍。玛雅之前的时间。很久以来,我总是一早醒来就明白我的一生已经结束。在随后的一天里，我会产生妄想，它们欺骗我，仿佛马上还有事情可能发生。将近晚上的时候我已如此眼花缭乱，可以斗胆希望全然陌生的事情近在眼前。可以说，最美好、最有意义的事情还在后头。夜里我必须保护这个想燃烧的希望不受占绝对优势的日常经验的冒犯。这是玛雅之前的状态。现在，通过您，我产生妄想，仿佛还有未曾体会的经验。如果我通过您所经历的是最为平常的事物——这点我无法否认，我就通过您感觉到一种强制，把最最平常表现为最最独特的事情。

再见。

巴西尔

18

2010 年 10 月 16 日

亲爱的一晃而过者，

登机之后就会禁止使用 iPhone，所以赶紧写两句：您发来的电邮地址我及时收到了，我马上使用，以便储存。衷心感谢技术世界，它把电邮地址送给我们，使我们即便在人头攒动的环境里手指一点就能调出地址。

从现在起我们面对日期。此前我没觉得缺少什么。但现在写上日期我也觉得很合适。

即便没轮到我回信，我也会马上给您写信。刚刚发生在机场的事情属于我的本行：奇迹！我在 9 号门排队办理登机手续的时候，您恰好从 8 号门出来。[①] 我们至少可以对此表示惊讶。我去施塔恩贝格看我父亲，您——这个我看清楚了——从法兰克福回来。我们惊呆了。就在等候队伍把我朝前推的时候，您给我发来了电邮地址。急中生智！没有您的电邮地址，我们的邂逅只可能在我的脑袋里发生。科比尼安想把我送到登机口。我以前所未有的严厉打消了他的念头。现在这几乎令我感到惋惜。几乎！在 10 月份的一个周六的晚上，我们在柏林泰格尔机场的免税店和书报商店之间奇迹般相遇，这应该成为一起事件，没有受到任何事情的削弱，也没有因为任何事情而复杂化。

我的职业就是研究不可理喻的事物。神奇的事物。奇迹。这是我们这类人从拿因的少年人、从迦百农的百夫长的故事中学来的。所谓神学家，大师说，就是一个无法从诧异体验中康复的人。如果我不自律，把我们的邂逅视为在我们圈内所说的最高恩赐，我就在滥用自己的专业。我至少可以称之为一个迹象。我就像一条漫岸的河。以前我不知道自己如此容易陷入混乱思绪。但是我根本不可能知道。

我是姗姗来迟的教授。我曾涉足各个学科。最后扎根一门不可以成为科学的科学：神学。必须收尾了。开始

---

① 柏林泰格尔机场的格局是一个登机口隔着一个办理登机手续的柜台。

登机！

您的异常高兴的离港者
玛·施

发自我的 iPhone

19

2010年10月16日

亲爱的出港者,仁慈的夫人,

有了这个利用现代科技的地址,您就成了引渡对象。当然不仅仅对我而言。但是我很高兴奇迹在泰格尔机场降临,不管谁对我们负责。世上没有偶然事物。这个我经历了一百遍,说了一千遍。

如果阐释我们的那一刻——这的确是伟大的一刻,您千万要考虑一点:我在三天前去爱因斯坦咖啡厅朝圣,因为没有为您抢到一把椅子,所以估计您马上要来。等我最终抢到一把椅子后,您自然没有来。但是咖啡厅里发生的事情为机场出现的一幕做了铺垫。我为了邂逅您去城里闲逛也是这一幕的铺垫。现在，既然我们通过不屈不挠征服了命运，我几乎可以承认一切。我每两天就进一次城，去酒店大堂坐着，而且要保证自己看见电梯门。不断有人从电梯门进进出出。我觉得，无论是看电梯门如何开合，还是看人们如何到达和消失，都是一件很有意思的事情。电梯门没有打开的时候，我就观察大堂里的场景；但是我并不试图从人们的口型和表情或者姿态去理解我因为距离远而听不到的事情。我一心一意观察我听不见的事情。这事非常刺激：一旁观看，不想理解。我对您的注意力没有被转移，但是我并未陷入单纯的等待。您可能从任何一部电梯出现。但是我没有直接等待您。同样地，我在家里的电视前面坐好几个小时，关掉声音，看里面的人如何讲话。听着声音看电视，我看一个钟头就觉得累。关了声音我可以坐上四五个钟头，一边看电视，一边感觉我听不见的事情如何充满我的内心。这并没让我分心，让我忘记您，但是我有事可做，使我不会如此痛切地感觉到您的缺席。

如果我把一切为了使您的缺席麻醉而采取的行动合计起来，泰格尔机场发生的事情就不是偶然，而是一个结果，一个瓜熟蒂落的结果。

如果伊莉丝问我整个下午去哪儿了，或者她走进屋里撞见我在看无声电视,那就很不愉快。她将我的谎言一一识别,还告诉我她认为哪个谎言成功,哪个谎言没那么成功。我只好说:我还需要练习。

总而言之。偶然是没有的。那这是什么?幸运!您可以按照职业要求给它命名。对于我,这就是幸运。在我的人生经历中没有幸运出现。为了您的缘故,我做一个补充:一般没有。

如果下一次采访有人问我什么是运气,我就回答说:如果我从书展飞回柏林,在泰格尔机场的8号门出来,她却在9号门排队办登机手续。

现在我带着不曾体验过的极乐叫您一声:仁慈的夫人!

向您问好

被幸运触碰的巴西尔·施鲁普

20

施塔恩贝格，2010 年 11 月

最亲爱的朋友，

新技术诱惑我使用它。我坐在父亲的床边。他在睡觉。或者假装睡觉。我必须假装相信他在睡觉。那个波斯女人恨我。我必须把他托付给她。

我相信，他也想这样。

科比尼安马上要迎来他的伟大日子。我必须去他那里。然后我们，您和我，就会离得更近。

我倒情愿您别操心。您去研究卢伊特嘉德和路德维希，这让我感到非常遗憾。您比我还清楚，这两人不需要您操心，也不需要我操心。请您千万别操心！免得您为我牵挂。我无欲无求。我只想您别操心。我也不想知道我为何有这一愿望。我自己情愿对自己无所牵挂。我仿佛觉得自己是最诚实的人。上帝啊,这都是什么词汇。无牵挂,这可以是:无语。甚至是:无价值。

我父亲做出醒来的样子。我以新鲜方式向您问候,

您的玛雅

发自我的 iPhone

21

柏林，2010 年 11 月 3 日

最亲爱的朋友，

现代技术缔造了一个永远的圣灵降临节，您的乐观的学徒如是说。把说不出来的话说出来了，这是多么地富于戏剧性！不管您在哪儿、我在哪儿，我们有一个链接。尽管我把自己交给了抽象的键盘，但是我由此产生您近在眼前的错觉。现在我每天都会向机器询问您来没来邮件。如果机器回答说："没有找到您搜寻的内容"，我一点不会感到失望。这点我可以向您庄严承诺。它的回答如此笨拙，这表明它倒是宁愿提供一封尚未阅读的邮件。我会一如既往地克制自我，等您来信之后我再写。但是我回信的时间不会再长达十四天。如果您不明确加以禁止,我会立刻回信。然后由您制造间歇。

喜欢现代科技的
巴西尔

22

2010年11月8日

亲爱又亲爱的朋友，

现在我只透露我自己的秘密！告诉您我在读什么。已经好几个星期了。我一直没说。现在我要透露：卡尔·巴特与夏洛特·冯·基尔施鲍姆的书信集，第一卷。

1925—1935年。共559页。“你的卡尔·巴特”。“洛洛”。他有妻子内莉及五个孩子，并且已经成为业已寂寥的欧洲宗教天空中的一颗明星。他高谈阔论，把自己，也把她带入变不可能为可能的话题：“如果我们俩都是单身，我们刚刚获得的、不可逆转的发现就是一个充满春天、快乐还有生命的瞬间，这样的瞬间是上帝用来祝福我们这些生活在黑暗中的人类的。这一发现也是一个充满痛苦和绝念的瞬间。由于相信上帝的公正，我们不能对绝念的必然性大惊小怪，就像我们不能把它的对立面当作天经地义来接受。”他又写道：“对于我的困境，我这封信（体现‘巴特神学’的特殊文献，完全无与伦比）写了一些肺腑之言。我多么希望这对你也有些帮助。”

不！这既帮不了我，也帮不了洛洛。他试图用神学玄论来分散洛洛的注意力，但是谢天谢地，他的玄论未能掩盖其人性的一面：“我只是害怕你会突然去慕尼黑，不想到我这里来。求求你，过来吧？”体会这一必然受挫于传统习俗即道德习俗，但一秒钟也不可以失败的情感发展，是心灵抵达快乐园地的豪华之旅。这是正确战胜错误的一场充满痛苦的胜利。随着一封又一封的信带来的胜利体验，直到读信之前还无家可归的情感得到加强。信中写着：“……我们彼此拥有某种权利，这种权利当然很难描述，我们可以、我们必将享受这种权利。你不仅应该带着‘恐惧’，而且也要带着快乐过来。”

我不会谈我的读后感。我不是卡尔·巴特。但是我并不因为向您透露了阅读过程而生自己的气。“我是爱你的。你的K。”

您觉得如何？您千万要考虑一点，他过去是我的导师，现在依然是我的导师！我对他一遍又一遍地进行考察，我还从未如此认真仔细地考察过什么人和什么事，他毫无瑕疵。糟糕的是，在我写信的时候，他让我变得前所未有地软弱而强大，强大而软弱。如果您能够责怪我，您就可以责怪我，但是他的书写使我心情放松，对您以你相称，巴西尔。如果你想知道这种事情是怎样发生的，我就推荐你读《卡尔·巴特—夏洛特·冯·基尔施鲍姆通信集》。

变不可能为可能，不可能即便成为可能之后也依然不可能。

“……我们的脚下在任何地方、任何时候都是同样稀松、同样坚实，事情永远这样吗？怎么一切事情都如此之难？”

“我昨夜梦见你什么？不，这不能写到纸上，你不必知道一切……”就这样！亲爱的！

无力自拔者

发自我的 iPhone

23

2010年11月8日

亲爱的，世上还有得意忘形！

我让人为卡尔·巴特做弥撒！但是我怎么受得了这个？你的“你”！

我心里一直对你使用亲密的称呼。你注意到了。没有任何现实事物像你写给我的话那样栩栩如生。我很快发现，我过去太谦虚。因为我不知道有你的存在。你使我在见到你之前的生活贬值。我为我过去产生的情感害羞（伊莉丝例外！）。我不想做过去的我。我想成为通过你变成的样子。我对可能性的兴趣锐减。

因为你而生机勃勃的人

24

2010 年 11 月 23 日

亲爱的最爱，

如果你的爱和我的爱汇成一种爱，世界就将毁灭。

马丁·路德：...per fiducialem desperationem tui... 卡尔·巴特的译文：……在令人欣慰的绝望中迈出下一步。

你的密友

发自我的 iPhone

25

2010 年 11 月 23 日

最亲爱的，

如果你的绝望和我的绝望汇成一种绝望，一切的不可能都将黯然失色。

完全属于你的

26

把自己撞得头破血流，以便将正在发生的事情表达出来。但是不应该这样。一切都该结束了。你要服从现实。

即便我凭借全部的、肯定可以发挥出来的精神力量对自己说，今天也什么都没有，又一次什么都没，即便我一而再、再而三地告诫自己，等电脑报告说没找到任何结果时，我依然遭受打击。剩下一种麻醉感。被麻醉的不是感官，而是意识。一种麻木的感觉。我坐在那里。一动不动。直到恢复意识。

她曾经表示情愿我别操心。这是终结关系的信号？想得够周到的。没找到任何结果。这是带翻译腔的句子。然后我让机器搜寻。它提供的服务：搜索消息。好。查找：未读邮件。然后：没有找到您搜索的对象。

下一个指令：重新搜索所有邮件。

如同船只沉没。我允许自己产生如此浪漫的想象。美化的意愿得以逃生。它甚至想美化没有什么可以美化这一现实。

不再有邮件进来后,你才发现自己过去如何靠幻想支撑,你幻想你们之间有点什么,幻想将来可能有点什么。

朴素的理智给我提供一条思路:这个消失的女人给我讲述卢伊特嘉德和路德维希的冗长故事,只是为了让我对她的消失有所准备。然后她向我求助,要求我研发一种止痛技术。等她有朝一日消失,我就可以自我治疗。把痛苦和诱因分离,等等。

这是我的主观想象。书信往来,好像发生了什么,其实什么也没发生。

天底下最可怜的词:为什么。

现在千万别嗅探动机。

现在千万别抱怨,更不能控诉。

她有她的理由。这跟你无关。

她在谴责的彼岸。若无必要,她不会消失。

有事情发生。重要的事情。现在你不断体会到这对你多么重要。你习惯性地想知道这事为什么发生。你自己就曾建议把痛苦和诱因分开。现在就分开。删除为什么。

欢迎痛苦到来。

别审问它。别问原因。和发生的事情相比,它的一切可能的原因都是庸俗乏味的。某个事情的原因总是廉价的。

你要提防所有的原因。到处提防。包括你的原因。首先是你的原因。

她在泰格尔机场看见我,她在什么情况下看见我,这些可能萦绕在她的心头。可能这就是原因。

在那里看见她之前,我还看见了她的头发。在茫茫人海中出现这一现象,这道光芒。等她离开,等我离开之后,我依然被那紧紧盘在头上的浅色头发所吸引。我想起那天晚上从美景宫回来后我如何徒劳地寻找描绘这种浅色头发的词汇。在熙来攘往的泰格尔机场,我突然想明白了。她的头发和正午时分通过最薄的白纱照射进来的太阳光一样明亮。白纱让阳光变得五彩斑斓。这正午阳光的颜色就是她头发的颜色。说颜色有点过分。这只是光亮而已。她的头发跟正午阳光一样亮。我带着这一印象乘车回家。我还必须储藏另一个印象。在这两个半瞬间:她的嘴。由于有意志参与,她的嘴比顺其自然的天然嘴唇更好看。意志造成的这一差别,这比一切单纯的单纯更美丽。

自从她消失之后,我不得不躲开镜子。不管早晨还是夜晚，只要在镜子里看见自己，我就不由自主地想起一个解释。此前因为收到她的信件，我一再排斥这一解释。这就是：根据科比尼安的说法，她看起来永远是三十九岁，我看起来则比我的实际年龄老十岁，所以她无法再忍受我。在所有的解释中间，这一条我最难排斥。

泰格尔机场！

这个我其实一直都知道！但是她总让我不断忘记这一点。我们这一对与众不同，我们为得以用语言表达出来的一切而振奋。不论她写什么，我总有全新的体验。每当给她写完一封信，我都感觉完成了自身使命。这种感觉不断需要激活。通过下一封信。这是头脑简单时期发生的事情。

我的职业名称：幻想家。

自以为很健康的人。不可救药。

尽管为什么一度做让步状、疲惫状，仿佛可以放弃一切，但如果我的电脑随后回答我那不再严肃的问题：没找到任何结果，这个刚刚还昏昏欲睡的为什么就会猛然惊醒，直起身，声嘶力竭，暴跳如雷，变成一个张牙舞爪的暴徒，要求我立刻回答，否则我就被推到我将称之为地狱的地方。就是说，马上给它一个答案，不管怒吼还是耳语，没错，也可以耳语。但是现在必须回答。不能再支支吾吾。听着：她为什么消失了？答案的确油然而生。答案出来后，我长时间不允许它出来的原因就一清二楚了。这个答案就是：她消失了，因为她不爱你。

这里面已经有太多的因为和为什么。

别再提问。

也许很诧异。她不问自己我怎么想。一周又一周。

她没必要问。

空中桥梁呢？

对没有希望的希望呢？

另一方面，她的缺席越来越明显。我对她的思念日甚一日。但每当我经过一面镜子，我在心里都对她的沉默和消失拼命表示赞同。我承认，我不可能以温和的方式结束我们的关系。我肯定会把事情搞得乌烟瘴气。她让我们得到解脱。每当看到自己的样子，我就对她结束我们关系的方式充满感激。

我已经达到这样的认识高度：她绝对不可能再来邮件了。我每天去打开电脑看邮件之前都会对自己这么说。电脑打开之后，当然又看不到邮件。

我马上做出一副可以因为没有邮件而感到很高兴的样子。同时侦听自己的内心，就像侦听一个无底的黑洞。我在黑洞中搜寻因为杳无音讯而产生的悲哀留下的残骸。我必须把这些残骸碾碎。即便我发现自己只是做出一副可以对没有邮件感到高兴的样子,我也感觉到:时间一长,假戏就会变成真做。

我无力行动,因为我知道我不可能通过任何动作接近她。

是起草断交信的时候了。

此前这一直不可能。但是我一直和不可能玩游戏。这跟我和上帝玩的游戏具有可比性。说上帝存在,跟说上帝不存在一样荒唐。有些人说自己不信神。但没有人说:我不懂音乐。我们放弃游戏。现在来最终有效性。一种前所未有的沉重。这封信别寄走。沉默不语。

但如果我是毕加索,你会继续给我写信。我现在体会到不做毕加索是很困难的,困难得要命。但是明天又坐到电脑前面:没找到任何结果。

即便我不再给她写信,我依然会在每天上午坐到电脑前面,制造虚无。为这一天制造打击。同时自欺欺人,声称在仍然无法理解的未来再也不开电脑,再也不读:没找到任何结果。

我在自欺欺人。没有别的。

事情依然不可思议。幸好。总算有点不可思议的事情。我在模仿神神秘秘的伊莉丝？这简单的情感扑了空，撞见虚无，不断和自己或者说和虚无相遇。当心，别用可理解性来装饰虚无。拒绝一切。当下的虚无抹去假装存在过的一切。虚无无处不在。证明你无愧于虚无。这是骑士晋封仪式。虚无的骑士。

想念你，这肯定属于允许范围。

我亲吻回忆，而不是你。

我的职业名称：装饰师。

没有绝望。只有用来表达不存在者的词汇。

我的最后一句话：没找到任何结果。

27

伊莉丝。没错，伊莉丝。说去说来还是伊莉丝。

紧急通道在大型建筑中的作用，就是伊莉丝在我的生活中的作用。从来如此。

亲爱的伊莉丝。最糟糕的事情：如果因为发生了什么事情或者什么都没有发生，我对你的爱比平时更为明显，这会给人贬值的感觉。因为发生了什么事情或者什么事情都没有发生，你就成为我的摇摇欲坠的幻想大厦的紧急通道。

我反驳这种观点。对你的爱是一种特别的、无与伦比的东西。它无法帮助我战胜什么。但是它的存在从未像现在这样清晰。

我们的关系是多么地奇特，伊莉丝。我很受触动。

你是唯一注意到我的耳朵越来越背的人。你什么都不说。相反。你不管说什么，都把声音压得前所未有地低。

我的耳背程度得到准确测量,跟你越来越轻的话音成正比。也许你想通过你越来越细小的说话声音告诉我,我的耳朵没有越来越聋,如果我听清楚的事情越来越少,那是因为你的声音越来越小。

我们听见彼此说话。但是我们没有必要理解所说的事情。我们听不见对方说话,这是错误说法。你越来越细小的声音使我疲惫不堪。听每一句话都很累。有时你说一个句子,我问你刚刚说了什么,你再说一遍,然后我不仅听懂了,我心里还重复你前面说的句子。我在心里把这个句子重复一遍,我就理解了这个句子。

这种情况时有发生,后来我不再请伊莉丝重复,而是去回味她刚刚说的句子,然后就明白她的意思了,虽然我闹不清楚这个句子是怎么回事。

第二部分

1

2010 年 12 月 23 日

亲爱的失踪者，

必须接受杳无音讯的事实吗？这是我们昔日关系的发展结果吗？给我讲卢伊特嘉德和路德维希的故事，就是为了让我对现在发生的事情做好心理准备？中断联系。说它神秘，这无异于把残酷发生的事情诗意化。以不可理喻的方式终止联系，这是神学家的手法？没有一项人权来保证我们享受可理喻性吗？

祝好！

一无所知者致以问候

2

2010 年 12 月 30 日

尊敬的施鲁普先生，

纠正错误一定是可能的。坚持错误是没有尊严的。您的高调呼吁强迫我向您指出我本来很想让您自己去反思的东西。

您那篇题为《爱情靠机会》的采访。标题是编辑部加的，我很清楚，但它是合理的，它表达了随后作为您的谈话内容刊载的东西。我不想就此进行争论，也不谈具体事情，我可以让您通过反思认识到目前我们之间的关系是恰如其分的。这里不涉及是非。这是一个风格问题。

心平气和，并且祝福您的未来。

玛雅 · 施内林

3

2010年12月30日

尊敬的教授女士，

我接受了太多的采访，因为请求我接受采访的那些人想拿采访挣钱。年轻时我也靠采访名人挣我所需要的钱。现在我认为，接受这些总是很烦人的采访是一个礼貌问题。由此我们已经涉及到采访的主题。

女记者问：女人在您的生活里扮演什么角色？我回答说，对女人我总想彬彬有礼。我和女人之间发生的大多数事情都出于礼貌。是这话引起您的不悦？

有比自我辩护更傻的事情吗？

一个风格问题！

这样我就没有机会了。风格是什么，由您决定。我不知道。我一无所知。我什么也不想知道。您是权威。您有资本祝福我的未来。我会让伊莉丝读这篇后患无穷的采访。

2010 年 12 月 30 日

伊莉丝读了采访。

她说这是自吹和自责的混合，吹嘘是力量的源泉。自责也是自吹。

也许您可以带着这一背景知识——我认为伊莉丝说得对——把那篇采访再读一遍。如果能够得知我说什么话伤害了您，我会受益。我对伤害您的原因毫无察觉，这对我最不利。至少这一点我有所察觉。

依然对您毕恭毕敬的巴·施

4

2011年1月15日

尊敬的施鲁普先生，

收到您的信，没有读。毫无疑问，您会找理由替自己辩护。但如前所述：这是一个风格问题。

妇女杂志对您的采访让我看到我自己钻进了多大一个圈套。您没有给我设圈套。我感觉自己遭到了背叛。这与我们此前一起搞的背叛有所不同。您制造了一个假象，让我看到一个对您来说其实并不存在的生活必然性。您已驾轻就熟了。您把您对待女人的方式称作礼貌。您对我一直彬彬有礼。我们应该感到满足。您的礼貌功夫练得炉火纯青，能够让您对之彬彬有礼的人不把您的礼貌当作礼貌。

这正是您的艺术。因为这是艺术而非别的,所以我说:这是一个风格问题。

现在您知道了。我不会读您的信了。这也是一个风格问题。我的风格。

祝好!

玛雅·施内林

5

2011年1月17日

尊敬的施内林女士，

您不再读我的信，这并不妨碍我继续给您写信。我是真正的作家，即便知道或者不得不假设没人读我的东西，我也照样写作。相反，没有读者我们就不必做到通俗易懂，并由此摆脱这个难以彻底克服的弱点。现在我也许可以给您写一些从前一想到您是我的读者就被迫舍弃的句子。的确，一旦考虑如何让人理解的问题，我们这些作家就失败了一半。让人理解，也就是让人接受，头脑清醒，有用，等等。如果服从这种种必然，你就无法表达你真正希望表达和应该表达的事情。我认为，我也希望，不仅作家这样，所有人都是这样。如果我们要得到别人的理解，我们会变成平庸或者说糟糕的翻译。我们无法翻译我们的真实存在，无法翻译我们如果不必自我翻译就可能具有的存在。我们把自己翻译成他者的语言。

我把这个强加给我、强加给我们的基本条件称为礼貌。

毋庸置疑，我给您写信也遵循了这个约束一切的指示。唯一的限制——这也是一个风格问题——在于，一个作家越是以其本真状态抗拒保持礼貌的最高指示，他就越是具有民事行为能力，他书写的东西就越真实。

我相信这将出现一种紧张关系。无论是神学家、作家、政治家或者教师等等，都会面临这种紧张关系。因为一方面是人们对你的合理期待，一方面是你对这种期待的超越或者颠覆。我读到这么一句话：世人不会适应我们，我们应该适应世人。我的一生都在忍受和满足要求我们适应世人的诫令。我周围的世界总是根据我在多大程度上满足了他们对我的期待对我进行评判。现在我们把话题限制在与女人交往的范围：我是一个情色机会主义者。我总是努力把事情做好。即便对自己不好也要对女人好。我也很清楚，这种事情做得说不得，否则就身败名裂。

您获悉此事，为此受到伤害。但是请让我再一次运用必须适应世人的诫令，而且用到您和我身上。

我初次见到您就无以自拔。我如何跨越社交的深渊来接近您？我不得不引人注意，犯点小错误，引起您的注意。我对您一无所知，除了我所看到的。这服装，意大利风格，这悬挂在饱满耳垂上的银色耳环熠熠生辉，这头发，还有这头发的颜色，这发型，这一点最为明显，这种力创独一无二的发色和发型的意志：被痛苦反梳的头发。还给丈夫的讲话提供了一句海德格尔的名言。还是一个神学家。我怎么引起她的注意？

当时我想立刻以不可能适应其他任何人的方式来适应您。不仅要曲意迎合投其所好，而且要截然相反。没有计划。随意。看机遇。那个表演者不是我。而是一个变得狂放不羁的意志，它想引起您注意，想让您朝这边看。被感知，这是我当时的意愿。没有成功。所以写一封信！汹涌如潮的赞扬。我一向这么做。但是并不总是一开始就毫无保留，就无所顾忌，就走极端。人们可以称之为谎言，因为我想讨人喜欢或者惹人注意的时候对真理不感兴趣。这种事情来得很自然。总是这样。现在我依然任您发落。

如果我认为什么事情不妥，我接着就会发现自己不知道如何改正，所以我就同意我认为不妥的事情。我总有一种高度发达的悦人本能。我有取悦他人的癖好。我也许是我们时代最有悦人癖好的人。您知道,一种癖好可以造成什么结果。如果我公开承认我所说的、我所写的一切都源于我的悦人癖好,我的形象就完了。作为知识分子,作为作家。现在还发现,作为男人也完蛋了。

可以但事实上并未令我心安的是,我在知识分子中间不是特例。即便是那些用毁灭性批判来回应已经发生和正在发生的一切事情的,其所作所为也是为了取悦他人(我的敌人在远处耀武扬威。我假装没看见)。如果人们相信我们想把什么事情变好,那是对我们的不公。现存的一切我们都觉得好。我们提供表示赞成或者反对的颂歌。而且我们每个人都被悦人癖好扭曲了人性。只是我不知道事情的先后顺序:是先有这癖好,还是人性扭曲让我们染上这一癖好。可能总是一个因素决定另外一个因素。一个日益严重的、决定一切的拟态。

譬如,如果伊莉丝在我打电话的时候走进房间,她会说出我在跟谁通话。她说,这能反映到口音上。跟一个萨克森人说话,我就带点萨克森口音,跟一个科隆人说话,就带点科隆口音。她还说,我的语言风格、我遣词造句的水准也在拷贝对方。说罢她就轻轻安抚我一下。她觉察出我的生命是多么贫乏。但她随后又安慰道:因为你是征服者的反面,所以你征服了我。

现在谈谈我们的关系。您在采访中察觉出、看出我有取悦他人的癖好,您由此推断我给您写的话完全不真实,因为我写的字字句句都来自我的悦人癖好的指令。这使您受到伤害,这必然使您受到伤害。我把我的悦人癖好称为礼貌,您觉得非常可怕。我再进一步:我和女人的性爱交往多半是礼貌之举。我想讨好别人的时候,总是尽可能地适应他人。我在一本小说中发现德语的“适应”在英语中被译为“rise to the occasion”。我觉得没有比这更好的解释了。您可以把我整个的存在称为拟态。您知道,拟态就是生态适应,以取得隐蔽效果,因为拟态总是弱者所为。如果我读到一段认可我的文字,我就避免看第二遍,因为我害怕在看第二遍或者哪怕再扫一眼的时候撞上一个揭露真相的句子,发现自己初次阅读得到的印象是错觉。您千万别以为我想引起您注意的举动与上述的生态适应有所不同。我想引起您注意,以免自己因为没有引人注意、没有被人感知而毁灭。

对于那篇让我原形毕露的采访,我再来一句评论。对采访本身的评论。伊莉丝以她特有的表达方式进行了准确的概括。但还有一点需要补充——您对上次采访的反应就是很好的证明，那就是我们的回答总是超出提问者想知道的范围。这是被采访者的天真。被采访者可以说诚实到了不明智的地步。采访是一个自以为不信神的时代的忏悔。我告诉您这一点！接受采访就是向人坦白。在多数情况下它会导致人们对你进行谴责。就像您这样，像我们这样。谁也没心情 Ego te absolvo[①]。

为了证明我理解您的意思，我还想说说您在《爱情靠机会》中发现了什么缺憾。您的发现恰逢我们的通信进入如火如荼的阶段。至少是接近如火如荼。您期待的东西本应在采访中看得见、感觉得到。我本应表明立场，譬如：我一辈子都是机会的奴隶，现在我首次成为作曲家，我谱写了一首曲子，这首曲子被一个女人，被这一个女人唤醒。我别无选择，只能对此感到高兴。您对我怀有这样的期待，您没错。我老调重弹，而且对老调加以诋毁，您为此受到伤害，受到极大的伤害。您称之为背叛。我就被逐回名为循规蹈矩的监狱。终身监禁。不许上诉。再见。

或者我应该说：我被空中的流弹擦伤？

我擦干血，带着疲惫将伤口堵住。

---

① 拉丁语：我赦免你的罪。

现在我只好控诉我们的感官弱点。我恍然大悟，我没把您辨认出来。我的眼睛、我的耳朵还从未识别出什么，在您这里更是彻底失效。我总是事后才发现自己以为如何的事情其实并不是那么一回事。我的感觉，也是制造错觉的装置。我全是错误的感觉。没有一件事情是我感觉的样子。也许我对自己的感觉也不对。所以我也学会了不刻意塑造自己。我通过适应来达到一切目标。

如果我做到了适应一切，我去适应的那些人就会接纳我、认可我。所以我欣喜若狂地给您写了一封信。我盼着您回信，别无所求。我盼您回信和盼您不回信的愿望同样强烈。您回了信。我对您的句子俯首帖耳，它们有怎样的建议和命令，我就怎样回信。您的第一封信就已使我着迷。无可救药。一封信给我创造一种感觉，我在感觉之中沉没。

我想以别人从未有过的方式来适应您。适应您的人不是我，而是一个想以前所未有的方式来适应您的人。这无所谓。构成我的困境和必然性的一切，我都称之为礼貌。

您必须承认，我们因为不可能而振奋。现在我应该感谢您从丰富多彩的不可能性中间选中了一个并且认真对待？跟不可能性当真。跟它当真就意味着中断来往，结束，阿门。

这样我会思念不可能。没有不可能我无法生活，而我们，您和我，就是不可能。我不理解您没有不可能如何生活。

作家用如下诗句向神学家告别：

我们渴望超越自我
在同一时间
游弋于江海湖泊
做沙漠的炽热
夜里的霜冻
冷杉树梢随风摇曳
友谊的缔造者
查电表的
钥匙的
保管者
所有人的医生
和所有人的
病人。
从前
摩肩
接踵

现在稀稀落落

甚至

空空荡荡。

6

2011年2月1日

亲爱的巴西尔·施鲁普，

我真情愿没有读到上封信！用您的教会拉丁语来表达，这就是prostratio[①]。您可真是一个天主教徒！彻头彻尾的天主教徒！五体投地是您天生的本领！耶稣受难日礼仪。获悉这些事情，我们心中不无妒忌。

尽管我觉得自己铁石心肠，几乎有点恶毒，但我还是开门见山：您没有说服我。您用各种各样的名称来形容您的采访留下的缺憾，但是您几乎没让背叛这个字眼出现。还有让我感觉为背叛的一切。采访所缺的，来信仍然缺乏。

① 拉丁语：五体投地。

这个错误没法弥补。除非您来一个完全背道而驰的采访。但是您做不到，这个您说得很清楚。

幸好无人知道我们——您和我——在缩短距离方面走了多远。否则现在别人会做鬼脸。但是他们不存在，或者只存在于我的想象。既然您把您的背叛描述为一种天性的必然，您就非背叛不可，这点我充分理解。但是我没法长期与这种背叛为邻。

请您别再五体投地。

以尽可能的友好方式向您问好

玛雅·施内林

7

2011年2月3日

尊敬的女士，

您回信了。写什么无所谓。您回了信。给我。给叛徒。您没法原谅自己。我可以，我原谅您回了信。您读了信。我不配这种待遇，对此您和我一样清楚。所以我被感激之情淹没。现在我对死亡的感觉前所未有地清晰。因为您回了信，我就感觉自己空前强大，所以我就飘飘然，感觉现在死而无憾。

今天上午，在未见来信之前，我在城里东游西逛，最终到了您住的地方。坐的轻轨。对面坐着一个跟我年纪相仿的女人。旁边坐着一个年轻姑娘，耳朵里塞着耳机，耳机通过一根线与机器相连。我觉得她像新生胎儿。我们,我和那个与我同龄的女人,看着窗外飞驰而过的柏林景观。因为我们是同样的神态,谁看见我们都会以为我们是一对。她的外套的兜帽镶着厚厚一圈皮毛。兔毛。这个望着窗外的女人的脑袋就被一圈皮毛环绕。她的外套敞着。长长的绿宝石项链的下方吊着一个黑色的十字架,十字架上有个东西熠熠发光。望着窗外的时候她双手握着十字架。所以我想到您,我认为这个女人传递了一个信息。说这个女人与我年纪相仿,这毫无道理。她看不出岁数。绝对看不出岁数。深绿色毛料连衣裙止于膝盖。眉毛高挑。下面的眼睛几乎有点乜斜。讥讽眼神,我想。不是针对具体的人和事的讥讽,而是讥讽一切。轻轻松松,无动于衷,仿佛以不变应万变。您的脸上不也有这种毫无目标的讥讽神情吗?如果您觉察到这一点,您不努力表现出和善吗?譬如说用您的嘴。看不出年龄的女人的裙边没有完全罩过膝盖。我想说的是:您的膝盖对着我喊。我们和膝盖的关系亲密无间。但是我话未出口,她就把裙边扯过了膝盖。我及时咽下了一句:做得对。我们到了终点站。胎儿早已下车。被我当成您的使者的女人站起身,走过月台,上了车,我跟着上车,坐到她对面,就是说:我还没有理解一切。过一会她起身下车,我失去了勇气!她走到门口还转过身,举起一只手抓了抓,这可以理解为挥手告别。这时我完全确信她是在代您向我问好。然后我回到家,看到您的信。您给我回了信。

这个女人向我预告了您的来信,我欠她的情。我一直欠着她的情。但是我欠您多少情!我试图向您解释我的礼貌是怎么回事。解释的时候我也保持了礼貌。一个像您这样下判断的人,得到的东西应超出该暗示的范畴。我在您面前的举止还是基本得体的。否则您不会回信。如果我把写到日记里的东西写给您看了,您还会给我回信吗?

我在 2010 年 6 月 19 日的日记中写着:

我不再有价值,
假如你不赋予价值。
我对自己不再重要,
假如我对你不再重要。
我不再想感觉自己的存在,
假如你感觉不到我的存在。
我对你说的,总是烟消云散,
你对我说的,总是雷鸣电闪。

你是海浪，
将我抛向陆地，
你却一无所知。
为了你，我可以做一切，
我什么也无法做。
现在我的灵魂，
现在我的心在渴望
的烧红的铁板上蹦跳，
我只是一声呼喊。

您的热衷坦白者！

8

2011年2月28日

巴西尔·施鲁普，

我承认自己被打败了。那个采访保持着它本来的面目：背叛。我俩的交往持续一天，采访给我造成的痛苦就持续一天。如果我承认我在思念不可能，而我们就是这种不可能，我的形象会好一点。缺了不可能，我感觉自己很贫乏。过去您希望让我去哪里，我现在就在哪里。我马上也可以说：你成功了，你别高兴过头。可以重新让人占便宜的女人向你问好。

您依然是叛徒。我必须谨防现在这个词用到您身上时还带有一点当初我们在婚姻的围场里玩背叛时所带有的近似温柔的意味。

啊,现在科比尼安让我很容易对他搞点欺骗。第一次也是最后一次使用这个词,我的先生。他狂热地投入一部有关他、有关他的毕生杰作的电影制作。片名:《通向救赎之路:定制药物》。这部电影在几个大陆拍摄,科比尼安无处不在!一个不被任何成功放过的成年人全心全意投入什么电影制作,仿佛这是给末日审判的献礼。也许我应该为此感到高兴。我们在几大洲之间不停穿梭,只能偷闲给您写信,给一个对我实施了背叛、其背叛行为永远得不到理解的人写信。在我们发生通信行为的时候,您怎么可以说在您这里女性全部属于礼貌范畴。

我一如既往地给你写信,这一定是——不管我多么不情愿承认——我的女性气质起了决定性作用。

女性教授以最大的矜持表示刚好还算衷心的问候

9

2011 年 3 月 1 日

亲爱的教授女士，

我对多数打击都很熟悉。我一如既往带着好奇倾听鞭子的呼啸。我总是想以描述鞭打的方式抢在鞭打前头；它们落在我身上的时候，我应该对它们很熟悉。如果我高喊“不是什么新东西！”，打击的力度就会削弱。现在我为了伤害您而假装模仿您的鞭打动作。您感觉到了吗？

您的无故放肆者

10

2011 年 3 月 17 日

亲爱的巴西尔·施鲁普，

前途无望是我们的辩护理由。因为前途无望，所以可以这么做。我们俩和仿佛玩了游戏。我们和不可能调了情。

不同的人表现出不同的样子。如果人们像他们表现出来的那样棒，这个世界肯定早就是另外一个样子了。个中原因，可能在于有着楷模举止的人还没有接管对世界的统治。感谢上帝！

我承认，我已耗尽希望的力量。我连你都搞不明白！人们不再可能希望从我这里得到任何改善世界的力量。我要放弃我的职业。我通过你得到的自我体验表明，我跳不出自己的圈子。只是因为我表面上可以决定你我的亲疏远近，你就认为我很强大。只是因为你和我同样脆弱，你就认为我很强大。我放弃这个由你给我编织的假象。碰上我多软弱，我就以多大的软弱屈服于你。

你的投降者

11

2011年3月18日

亲爱的玛雅，

在坦白自身的软弱方面，我是不可战胜的。你自己可以回忆保罗那句话。我觉得自己已经毁了。你不能这么说自己。我不必责备自己无法为改善世界做贡献，但是我必须责备自己没有注意到你的眉毛！

在轻轨遇到的那个女人令人难忘，她的两道竖眉透出讯消。

你的眉毛有着更加细腻的线条，无法翻译成如此简单的情绪。我连续几个夜晚都在思考你的睫毛。而且没有跟你要照片。你的耳朵如何流光四溢！你的银质十字架里镶嵌什么宝石：有比这更重要的问题?! 托座下面挂着银饰，越来越细，你仿佛在喷洒水银。啊，让我们回到我们的不负责任的状态吧。如果我们两个在一起的时候足够孤独，我们就不可企及。

天冷，我想在你身边。

天热，我想在你身边。

我想在你身边。

你的被前途无望刺花眼者

12

2011 年 3 月 26 日

亲爱的玛雅，

我不会跌落！我的信任拴着你。你要有兴趣，可以再度沉默，我不会跌落！如果我跌落，你就是兜住我的安全网。

你的因为与你有共性而浑身颤抖者

13

2011年4月12日

亲爱的巴西尔，

科比尼安的纪录片上映前两天传来消息：腹腔里的肿瘤为恶性。三天后动了手术。这三天，巴西尔。

我们在医院里有两个房间。如果科比尼安不叫我，我不能随便过去。他叫我，我就在他身边。全心全意。永远守候。守候到下辈子。没有他我没法活。但是他必须叫我。他不叫我，我就担心他马上会叫我。他要死了，所以我必须告诉他，没有他我没法活。如果他一人死去，他就是孑然一身。只有当他把我带入最偏远的地方，我才存在。

我待在房间里。盼着他叫我。盼着他别叫我。啊，朋友。

健康可耻。

手术很成功。有三个外科医师可以做到开刀之后不必做人造肛门,他的手术医师是其中的一个。再等三十天就做化疗。

在得知更多的情况前,千万试试别给我回信。我已经没法忍受保持更长久的沉默。

你脆弱的朋友

14

我不得不告诉伊莉丝现在来了谁的信。一个女性朋友，伊莉丝，别问是怎样一个朋友，她的丈夫如此这般。

伊莉丝，你想想我们当初的情形。我母亲去世之后的情形。我未能真正向你讲述这件事情，伊莉丝。当时你对我的痛苦采取旁观态度。你没有做出一副我所遭遇的事情让你受到同样打击的样子。你的旁观态度和旁观方式让我对你产生前所未有的爱。

我会做出一副你所遭遇的事情让我受到同样打击的样子。你在一旁观看，伊莉丝，这是，对不起，一种气魄。你才有这种气魄。

15

2011年4月25日

亲爱的朋友，

化疗之前科比尼安必须储备力量。他想搞骑车旅行。和我。马上进行训练。两周之后我建议去克劳斯塔尔—采勒费尔德[①]。罗德里希一直开车跟在我们后面。我们经过瓦松根、施瓦龙根、布赖通根，四天一共骑了九个小时。科比尼安很骄傲。为我。他是这么说的。这是开端。现在进行训练。为了大旅行。

我们对蒂布克[②]在克劳斯塔尔创作的祭坛画从未像现

① 位于德国下萨克森州。

② 维尔纳·蒂布克（1929—2004），画家，版画家，莱比锡画派的代表。

在这样敏感。我们坐在教堂里看耶稣受难像。我们怎样看耶稣。耶稣又怎样看我们。这必须说给你听。由我来说。经历了如此之多难以言表的痛苦。我不想在医学术语中沉没。我想接你来,你应该跟我们并排坐在长凳上。我需要你,这样我好说我们看见的东西。我不断朝科比尼安看,我看见他还在看耶稣受难像。科比尼安不用肢体语言。现在更不用。他坐在那里,仰望这位受难者。也许还没有人如此仰望受难者。画家不是从正前方,而是从左前方表现耶稣受难,一切都从半侧角度看。受难者的头在死亡过程中逐渐低垂,脖子扭着,面朝左前方看,也就是朝着我们看。十字架横梁从左上方斜向右下方。钉在十字架横梁上的基督双手舒展,像是在准备一次拥抱。他弯曲膝盖,收起双腿,几乎是一种悦人的表情。他的双脚被一根钉子钉在一起,就像一个害羞的女孩用一只脚盖着另外一只脚。总之,一种纯粹通过受折磨和痛苦来表达的邀请姿态。受难者的脑后向下斜飘着一条浅蓝色布带,直至其左手,这使受难者的邀请的力量臻于完美。画面下方是马利亚和约翰,他们的痛苦如同疾风暴雨,吹得他们被迫仰身,仿佛从基督面前后退。他们无法朝上看。受难者的双臂、双腿、双脚以及朝向我们的脸上所带有的邀请神色显得更加独特、更有意义。

我看见了：科比尼安沉浸在受难故事里面。受难者是科比尼安。他看到了这点。我也看到了。我们等了好久才让精神放松下来。

过去这几个月里，没有什么东西像维尔纳·蒂布克画的耶稣受难像这样让科比尼安受用。走出教堂的时候，他把我拉入怀中。这是很久以来最有身体感觉的表示。

罗德里希和我们一起进入教堂，但他最后一个出来。我们在外面等他。科比尼安不允许我去叫罗德里希。罗德里希出来之后表示歉意。他说，因为一直在仰望受难者，所以没有注意到我们走了。科比尼安说：罗德里希，你都等我多少回了！我从来没等过你！现在是你让我也等一回的时候了。谢谢你。

是的！我早该告诉你罗德里希是谁。他不仅是那个每年一次用他剩下三根指头的手把纯属多余的、由三十九枝玫瑰组成的花束送到我屋里的那个人。他是通过我来到我们家的。之前我看见他总是作为耶和华见证人站在卡迪威商厦或者动物园火车站前面。他的目光总是越过来往行人的头顶。其实他那样子就像在听音乐。每次我都从他手里拿一份杂志，然后捐点钱。直到他认识我，跟我搭话。跟他相约见面。在动物园火车站的月台上。他讲述说：作为耶和华见证人来散发杂志，这已经很成功了。除了被匆匆路过的行人忽略，你不可能取得更大的成功。因为这是一桩令人陶醉的工作。这些被意图奴役的人！多数匆匆走过的行人都像是随波逐流。他站在人流的岸边，这条河流席卷一切的人和一切的物。他享有巨大的特权，他跳出了河流，可以旁观一切，看着这河流如何把人变成一块块小木板，冲向未知的远方。然后他问我想让他做什么。没什么想法。但是我想象不出有比他更让我喜欢的司机。我本来没有这一打算或者说计划。这是灵机一动的结果。他大为惊讶，一时间说不出话来。眼里噙着泪。他没有试图掩盖内心的激动。然后他说，其实他想成为赛车手。他曾两次参加巴黎—达喀尔拉力赛。后来还加入米夏埃尔·舒马赫车队。其他的他显然不想说了。

其他事情顺理成章。现在他已经为我们干了八年。还帮我打理花园。我只能接受他在我的花园里干活。

在从哈尔茨山开车回来的路上，科比尼安上车就睡，一觉睡到采伦多夫。

祝好!

把双手伸向你的
朋友

又及:老规则依然有效:不回信。

发自我的 iPhone

16

布雷本，2011 年 6 月 2 日

亲爱的朋友，

成功了。或者说：这件事情成功了。他们对科比尼安进行锁骨下静脉穿刺，由此给他补充了几个月的营养和抗体。现在他的穿刺伤口愈合了。科比尼安保住了性命。我跟着保住了性命。我们在怀特霍斯[1]降落，罗德里希开一辆皮卡车来接我们。在罗伯特·塞维斯露营地的入口，我们取了自行车和挂在科比尼安的自行车后的两轮拖车。挂在自行车上面的食品袋装得满满的，两轮挂斗上的食品袋也一样，在靠近育空河的地方预订了一块帐篷营地。罗德里希

① 又译为白马镇，位于加拿大西北部。

每隔几天就和我们见一次，给我们送来我们需要的东西。

有些出人意料的是，他说这个露营地是用游吟诗人罗伯特·塞维斯[①]的名字命名的。我相信，两周前就飞过来的他想给我们提供必要的知识。

科比尼安支起帐篷。我不可以表现出可以帮忙的样子。帐篷搭在松软的沼泽地面上。这是童话般的布景。他生上火，这可以称为篝火。他拿出自己设计和制作的露营餐具，他负责做菜，也负责端菜：西班牙冻汤以及配菜。然后我们就躺在敞开的帐篷里。吹着暖风。与此呼应的是，这里的夏季永远不会完全天黑。一切都飘浮在暮色苍茫之中。科比尼安获救了。而他也扮演着获救者的角色。他的表演充满享受。他所说、所做的一切都表达了一个意思：我获救了。让我们乐一乐吧。我发现我应该带着惊讶的神色听他说话。我也做到了。

凌晨，巨大的雷声把我们唤醒。随即下起倾盆大雨，迫使我们换上雨具。向道森城方向出发。郊游目的地：塔克尼温泉。三十六公里，科比尼安说。三十六公里，然后就是温泉。温泉很热，但不是很干净。无所谓。科比尼安很快乐。他的快乐甚至有感染力。第二天走了六十二公里，到达福

① 罗伯特·塞维斯（约1874—1958），加拿大作家。

克斯湖。因为我一天比一天累，帐篷之夜也就越来越美。

我逐渐认识到科比尼安为什么要强迫我们在阿德勒斯霍夫进行四周的训练。长途旅行，他总是说。等着瞧，加拿大！今天他一大早就以非常温柔又不许反驳的口吻宣布：去布雷本，只有四十公里。他没有说这是一会上坡、一会下坡的四十公里。这上坡下坡把我变成了烤熟的牛排。我现在只会点头称是。

罗德里希在这里，在布雷本的服务站等我们。他祝贺我骑了四十公里的山路。还是顶着毫不留情的逆风，我说，像是要证明我支撑不了了。科比尼安接着说：今天有个骑摩托车的在超过我们的时候用双手在头顶上猛拍了一下。我们讨论此举是什么意思。科比尼安：他对一个如此年老的男人和一个如此年轻的女人骑车去蛮荒之地感到很吃惊。我说：他想祝贺。科比尼安：祝贺什么？我：祝贺有我们存在。科比尼安说：罗德里希，也来个评论？罗德里希说：只有佩服！

我们对风景的看法一致。赞叹这里的公路如何在林中逶迤蜿蜒，如何贴着山腰走。在地平线出现之前，你只能顺着公路在森林里拐来拐去。马路吸引你，拖着你往前行。科比尼安：不是前行，而是继续行驶。在目力所及的远方，都是荒无人烟。罗德里希昨天驶离我们骑车的克朗岱克公路,去了拉贝日湖。他在那里有一个朋友,乔治,他和乔治两次参加巴黎—达喀尔拉力赛。后来乔治也退出赛车圈,跑到这里隐居,和妻子生活在一个印第安人的村庄。他的妻子是本地人。属于图琼部落。他是 Musher。

Musher,这是什么意思,我打断他问。

他说他也问过乔治。Musher 就是赶着狗拉雪橇长途跋涉的人。乔治有二十五条哈士奇。犬舍组成一个巨大的半圆将他的房子围住,每一条哈士奇都有自己的犬舍,乔治每天都会去探望他的每一条狗。他已三次参加"育空探索"。从怀特霍斯到道森城再到费尔班克斯。大约一千公里。这比任何汽车拉力赛都刺激。乔治得了第五名。在这个最重要的国际雪橇狗大赛中,这已是不错的名次。他送了乔治一本杰克·伦敦的书。《野性的呼唤》。小说的主角是一条名叫巴克的狗。圣伯纳犬和苏格兰牧羊犬的杂交。小说讲的是两个人的雪橇之旅。他们走的路,当时即 1896 年是育空路,今天是起伏蜿蜒穿越森林的克朗岱克公路,也就是科比尼安和我要继续蹬车的路。罗德里希为我们朗诵了几段。因为想寄给你,所以我让商务中心复印了一份。

巴克不时遇到一些来自南方的狗，但大多是狼和哈士奇野合杂交的后代。每晚九点、十二点、三点，它们都准时仰天长啸，它们的嗥叫汇成一支夜曲，神秘而恐怖，巴克也兴致勃勃地加入合唱。

天上是寒光闪闪的极光，或是打着寒战的星星，地下白雪皑皑，土地冻结，在白雪尸布的覆盖下变得麻木不仁。由此，哈士奇们的合唱本可以表达对生命的蔑视，但是调子低沉，这悠长的嗥叫，这似泣非泣，更多地表达了生命渴望和存在之沉重。这是一支古老的歌，如狗类本身一样古老——它是新世界最古老的歌之一，诞生在一个歌曲还充满忧伤的时代。这首歌浸透着无数代狗的悲哀，其哀怨以奇特的方式打动了巴克的心。当它呻吟和啜泣的时候，它心里充满生命的苦痛，这也是它昔日的野性祖先的苦痛，祖先们同样经历了这些神秘事物和对于寒冷和黑暗的恐惧。这支歌竟然能使它激动不安，表明它经历了苦难与愤怒的岁月后，生活已完成一个阶段，又回到嗥叫岁月里自然的生命之初了。

他们进入道森一周后，又开始沿“兵营”附近险峻的河岸向“大康道”出发，直奔迪亚和“盐水”而去。[1]

科比尼安听得如此聚精会神。我还从未见过。罗德里希明显感觉科比尼安和我因为使劲蹬车而无暇体验我们所穿行的世界。我们应该感知超出自身之外的东西。他觉得这点很重要。他从他的朋友乔治那里得知，印第安人不想被称为印第安人或者原住民或者土著，他们把自己视为第一民族。这点我们也应该知道，因为我们在这里到处都碰到印第安人，他们马上就能察觉出我们怎么看他们。他和乔治参加了一个在本地礼堂内举行的第一民族的晚间舞会。他们跳的是他们的过去，罗德里希说。

如果科比尼安随后沉默片刻，罗德里希就知道该走了。罗德里希感觉非常细腻，他会给你一个印象，仿佛现在告别是遵循他自己的时间安排。

我们后天在佩利克罗辛见，他说。他祝愿我们一切顺利。科比尼安望着他的背影，说：多棒的一个小伙子。我说，看到罗德里希跟我们两个同样亲近，真叫人高兴。

随后科比尼安为我们俩点燃了名副其实的野营篝火。什么时候点火，这倒无所谓，因为这里的天不会完全黑。如

① 中译文参考了《野性的呼唤》，刘荣跃译，上海译文出版社。

果篝火不足以保护我们不受蚊虫攻击，科比尼安还备有蚊帐。我们俩都发现我们的样子滑稽得可爱。但是科比尼安不想阻止一个日本人过来跟我们坐在一起。这个日本人从阿根廷骑车过来，已经在路上走了——或者如本地人所说——骑了两年半。

这显然已经司空见惯：哪里有野营篝火，大家就往哪里凑。日本人给我们带来两瓶"育空金牌啤酒"。但是我们已经吃过饭，科比尼安根本不让我插手收拾和刷洗餐具。我们吃了南瓜汤、苹果酱蛋卷，以及由山羊奶酪、绵羊奶酪、高山奶酪组成的拼盘。

日本人喝了第一口啤酒后就开始讲，是什么事情使他永远离开了布宜诺斯艾利斯。他妻子要求他旁观她和他的朋友做爱。他说，她是希望刺激他，使他重新产生对她的兴趣。她只是为了他的缘故要求他旁观。

科比尼安和我都无言以对。

日本人说，我们不想做评论，他理解。但既然骑了八九个钟头的车，他不得不聊聊这件事情。他刚刚从几乎有邪恶意味的卡西亚公路下来。他每天都希望，离布宜诺斯艾利斯越远，他讲故事的欲望就变得越弱。他接着去道森城，然后走幸好也绝非善类的邓普斯特公路。然后去伊努维克，然后是图克托亚图克,然后,他不知道然后有什么。

我很高兴科比尼安没有说伊努维克也是我们的终点站。

但是我们回程坐飞机,先飞耶洛奈夫,然后是卡尔加里,然后是法兰克福。我的远方朋友能想象吗?

别跟我说。保持沉默。

科比尼安需要我须臾不离。我必须不断向他证实我在这儿,在他身边。我可是一直希望自己如此被使用。现在呢?

亲爱的朋友,我应该觉得自己捉摸不透吗?自己也捉摸不透。

天啦,我们在睡袋中躺下后科比尼安说,女人真会别出心裁。我无话可说。他又说:他说他妻子不是日本人,就是说,日本女人不会提出这种要求。

第二天我们一大早就上路了。一个钟头以后日本人超过我们,还使劲冲我们点头、挥手。我们骑得最慢,这当然归咎于我。我们经过一个舒缓的弯道,然后开始下坡。这时路的中央有三只熊向我们走来。我们马上下车。科比尼安说,是母熊带着两只熊仔。这时已经有一个坐在厢式客货两用车里的女人叫我们赶紧过去。我们把车撂下,冲向敞开的厢门。但我们还没完全钻进车厢时，母熊就改变了主意，带着熊仔去了旁边的森林。登上自行车的时候我说：我应该把它们拍下来。科比尼安和路德维希骑车旅游时总是不分昼夜地拍照片，现在他让我照相。现在他说，要么留在心中，要么别留。这话不无道理，但我还是情愿给三只熊拍张照。

晚上我们又在荒芜的卡马克斯煤矿野营地生起了野营篝火。这回没蚊子，一个来自田纳西州、留着披肩灰白头发的美国人却赖着不走。他不像那个日本人直接过来坐在我们旁边——为了罗德里希，我们总是支三把野营靠椅。他路过这里，停下脚步，一眼看出我们需要他的忠告。他提醒我们，在野营地入口的牌子上不仅写着野营地几个字，而且有一个提示：熊出没。所以，小心为妙。营地上寥寥几个帐篷并不像多数时候那样消失在美国人的巨大房车之间，而是毫无保护地支在这里，这无异于向饥肠辘辘的黑熊发出邀请。所以最好在离帐篷两米远的树丫上挂一个食品袋，黑熊会把这个当成补偿接受。我们表示感谢。

他是一个绅士，所以他的样子就像不得不马上介绍自己：克里斯托弗·麦基，来自田纳西州的纳什维尔，斯拉夫学教授。由于科比尼安和我现在多少带着感激的目光看着他，他就坐到为罗德里希准备的椅子上。坐下就不走了。我们当然得给他啤酒喝。他说是德语语音诱使他在我们这里待着不走的。他在海德堡留过学。斯拉夫学。导师是霍斯特—尤尔根·格里克[①]。海德堡是他一生中最美好的时光。当时他住在城外的阿姆普费谢尔哈恩。

当晚的篝火起了决定性作用。你马上会明白我为什么不得不把纳什维尔大学教授讲述的故事记下来。他需要几个小时才讲清楚的事情，我给你几分钟就可以讲清楚。他爱上了女校长，女校长却爱上一个哲学教授，还把后者提升为副校长。这个坠入情网的男人让他的学生制作了一张海报，在校园里四处张贴。上面写着：女校长和哲学家有着同样的棕色皮肤。她的脸和他的光头是同一种棕色。怎么一年四季都是这种深褐色？日光浴室？绝对不可能。这肯定是同样在一个岛上晒出来的。事实上他们就去了同一个岛。

他承认自己原本期望女校长会让他做副手。他不知道期望的本质就在于超出可能的范围。现在他知道了。但是这对他毫无影响。他的期望却死不悔改。总是因欢快情绪而充满弹性：过去的女数学家、现在的女校长的一板一眼。

---

① 霍斯特—尤尔根·格里克（1937— ），海德堡大学教授，1998—2004年任国际陀思妥耶夫斯基协会主席，后为名誉主席。

在任何地方、任何时候都无法阴转晴:爱发牢骚的哲学家的职业性忧郁气质。这家伙虽然不断微笑,但是他那总是支吾的微笑跟女校长的总是事出有因的愉悦情绪不可同日而语。

怎样的一对!

他推心置腹,抨击婚外情。但他知道,他在抨击自己。他的动机是爱情。他为自己无望的爱情感到自豪。他将在女校长任命新的副校长那一天离开纳什维尔,永远离开。

女数学家和哲学家的关系属于丑闻。各院系的同事和他这个斯拉夫学者所见略同。但是大家佯装不见。女校长是一匹马。她研究过射影几何的集合论基础,发表过相关论文。但是这一点不影响她的马的品性。她是纯种马。哲学家是有目共睹的万金油。这两人轻佻地通过棕色皮肤承认其暧昧关系,但又不让人明说。这在一所大学,在一个忠于真理的机构里是不可接受的。这个尊重事实的人承认,只要女校长选择了他而不是那个职业忧郁者,他很乐意跟女校长一起闹丑闻!他如此表白,已让事情变为不可能。这大概是要表明,对一所大学而言,不让一对搞婚外恋的人领导是多么地重要。即便他本人成为优选者,他也希望自己有力量公开承认自己在道德上无用。这个总是留着同一种棕色的光头、带有职业性忧郁气质的哲学家，和总是保持同一种棕色皮肤的女数学家估计没人胆敢把他们的关系写上海报。这表明我们田纳西州的情况多么糟糕。畅销书给哲学家带来的声誉让女数学家看花了眼。否则便无法解释她为何选择矮她一头的职业忧郁者。他是哲学家，就像一个通过香肠生意挣钱的素食者是素食者一样。

后来这位斯拉夫学者想到了纪律。他告别了纳什维尔和田纳西，因为他知道他再也回不去了。但必须有人做出牺牲。为了集体的荣誉。

然后告辞。如果不是因为觉得在我们的脸上发现一种兴趣乃至关切，他不会讲这么细。如果您，仁慈的夫人，如果您没有晒成这种亮棕色，我就不会给您讲这个故事和这一切。但是我承认，我总能找到讲述这个故事的理由。但我也承认，有时我无缘无故地就给人讲起这个故事。晚安。说完就走了。

我们已经躺在睡袋里之后，科比尼安说，这个教授讲的故事勾起他某种回忆，但他怎么也想不起具体的事情。我说：如果你想不起你以为你知道的事情，你就必须摆脱暂时忘记的事情，然后它在不知什么时候会自动回来。岁月不饶人，他说。我们的朋友，那位大脑研究者会向你解释说，除了高龄，还有完全不同的神经阻滞，我大胆地对着北部夜晚的亮光说。

早晨起来，我们不得不撵走一只正在洗劫我们的食品袋的松鼠。但是我们的野营小桌上放了一包牛轧糖，还附有一张字条，是来自田纳西的教授留下的。上面写道，如果政治状况允许，他会让我做加拿大女王。然后祝我们一路顺风。

这纸条转移了科比尼安的注意力，他不再追寻日晒而成的棕色皮肤留下的踪迹。条件允许，他会马上娶你，他说。你愿意吗？我笑而不答，他又问：或者你跟我在一起？对于这个问题，我每次都说：一直，永远。

天下无奇不有，亲爱的朋友。对不对？

一只脚已踏上脚踏板的骑车者向你问好！

发自我的 iPhone

17

佩利克罗辛[1],2011年6月17日

亲爱的朋友,

我们沿着陡岸漫步。走一走路。有好处。前天夜里,在卡马克斯的野营地,科比尼安脚下绊到了固定帐篷的绳子,磕了膝盖。他的第一反应:这样不行!我们中断行程,回去!我承认,这话我不是不爱听。但是科比尼安让我给他的膝盖敷药,打绷带。乖乖去佩利克罗辛。一股令人神往的推背顺风使我们下定了决心。但一朵黑云很快就变成一场暴雨。我们几乎来不及穿上雨衣。我们还是赶到了明妥。然后就结束了。佩利克罗辛就随它去吧。我们的帐篷上面支

① 又译:佩利渡口。

了一个雨棚,下雨就变成了一种享受。罗德里希说,这种保护我们的帐篷的折叠式雨棚叫 Tarp。他在怀特霍斯买的。

今天从明妥到佩利克罗辛。近在咫尺。很少上坡,常常是下行的陡坡。科比尼安的膝盖好了。我们想在佩利克罗辛待到他的膝盖真正重新感觉舒服为止。顺着陡岸散步,直到佩利河的入河口。这不是入河口,而是一片原始风景。砾石小岛,沙丘,在佩利山区被连根拔起,然后冲刷到这里的千年古树,佩利河把一切都输送到育空河,但是育空河拒绝接受。由于佩利河自己要进育空河,它不得不在它自己带来并堆积的各类物件中间艰难穿行。科比尼安是这样给我解释的。随后我问他这中间是否有人性启示。科比尼安对隐喻不感兴趣。

科比尼安休息,我去了理发店,然后回到营地。看见我的发型,科比尼安什么也没说。罗德里希见面就说:真漂亮。他一边端详我、研究我,一边说:真漂亮。这听起来完全发自内心。科比尼安毫无察觉。现在我发现他常常心不在焉。

野营地服务站的前台女士对我们的印象极佳,所以不想跟我们算两个晚上,而是只算一个晚上的钱。科比尼安非但不表示感谢,反倒几乎对人吼起来。您的脑子出问题了吧,不管多少钱我都付得起。那女的听得莫名其妙。我不得不干预。我丈夫误解了您的意思，外语不好，我们当然感谢您。科比尼安过后对我说，不能什么事情都忍气吞声。他在明妥就差点和营地主人发生冲突。我们不得不两次拆掉帐篷。您本来应该问问 camp host[①]，我就是营地的主人，营地管理员说。我们搭帐篷的地方离印第安人的巨型梯皮[②]太近。梯皮是作为文物立在这里的。现在什么事情都让科比尼安生气。昨天有一辆厢式客货两用车停下，得克萨斯人，他们停车，只是为了送我们两瓶矿泉水，他们觉得骑车旅游很可怜。科比尼安说，他们胡扯什么。幸好他们没听懂他说的话。后来我们在明妥出发时，固定帐篷的绳索上面挂着一颗牛轧糖，克里斯托弗·麦基又附上一张纸条。上面写着：

> 我对你们的跟踪到道森为止。然后我就拐弯，顺着世界之巅公路走，然后顺着育空河到安克雷奇，如果有必要，直达海边。但是，只要你们，只要您，伟大的夫人，给一个信号，我马上就跟着你们上邓普斯特公路，直到北冰洋。也是作为你们的仆人。作为仆人，我感

① 英语：营地的主人。

② 梯皮（英语：Tipi）：一种圆锥体状的帐篷，由桦树皮或兽皮制成，流行于北美大平原上的美国原住民中。

觉有使不完的力气。如果找不到我可以服务的对象，这使不完的力气会把我胀破。

你们的仆人
克

附:也是德语语音吸引着我。说着德语我可以躲过女校长的迫害。女校长复仇心切。也许她被剥夺了校长职务。如果我说着德语,我对她就远在天边。

科比尼安一本正经地说:如果你想救他,尽管说。我不得不落泪,但又说不出为什么。今天继续往斯图尔特克罗辛。膝盖好了,科比尼安说。我不得不再次流下眼泪。

昨晚上跟罗德里希的事情。罗德里希去了一趟希尔克堡,一个改造成博物馆的印第安村落,带了一堆宣传册回来,他想给我们讲他都看了什么。科比尼安不让罗德里希讲,说他和我每天穿行森林得到的见识就够了。

罗德里希表示道歉。

科比尼安说,罗德里希一到怀特霍斯就发现第一个营地的名称来自一个著名的游吟诗人,那个诗人叫什么名字……

罗伯特·塞维斯,我说。

没错,就是这个,你记住了,我没有,他说。罗德里希,你要明白,我只想听我记得住的东西。

罗德里希小心翼翼地问他是否可以提杰克·伦敦。

科比尼安的回答有点柔和意味:杰克·伦敦随时提。

我太高兴了,罗德里希说。他说他今天在《野性的呼唤》里读到一段……

别急,科比尼安说,你最近朗诵的那一段,讲的可是巴克,圣伯纳犬和牧羊犬的杂交,夜里如何被狼性不改的哈士奇的集体歌嗥所感动,讲它如何因为体会到自己先祖的历史而想加入这集体歌嗥。对不对?

罗德里希说:这正是杰克·伦敦在那一段讲的事情。

好,你念吧,科比尼安说。

罗德里希开始念:

古老的本能一旦骚动起来,就会不时地将人们从喧闹的城市吸引至森林和旷野,用化学原理推动的铅弹去枪杀点什么。这是纯粹的嗜血欲望,是杀戮的快乐。巴克就是这些本能和欲望,只是其表现形式要隐秘得多。集体行动时，巴克总是冲在前头，把野物，把活生生的肉体撵得筋疲力尽，然后扑上去将它咬死，让自己从鼻子到眼睛都糊上热乎乎的血。

有一种狂喜，它标志着生命的顶峰，无法超越。生命活力的悖谬在于，人在最有活力之时产生狂喜，但狂喜又表现为彻底忘记自己还活着。这种狂喜，这种生命的自我忘却，如果逮住艺术家，艺术家会化为一团火焰；如果逮住士兵，士兵会冲锋陷阵，拒绝战壕的掩护；狂喜也逮住巴克，这是在他带领同类前行的时候，在它为狼嗥合唱起音或者追踪顶着月光在它前面拼命逃窜的猎物的时候。它的嗥叫使自己的生命机能深处发出声响，使生命机能的各个部分发出声响，它们隐藏在它体内，又回到了时间老人的发源之初。汹涌澎湃的生活将它控制了，这生活如浪潮一样，巴克的每一块肌肉、关节和腱部都极度快活起来，这种乐趣产生于死亡之外的一切，它炽热、狂暴，以行动来表达其情感，欢欣鼓舞地在星星下面奔驰，在不能移动的死亡物体上面奔驰。

我帮您复印了，他说，在博物馆里印的。

我承认,他读的东西我尽管听得很清楚,但是没完全听明白。

你吃素,科比尼安说。

那又怎样? 我说。

巴克进行杀戮的时候最亢奋,科比尼安说。

我觉得它过于阳刚了,我说。

科比尼安说:罗德里希,太感谢你了。

他把手伸向罗德里希。这意味着罗德里希该走了。我们在道森城见,科比尼安说。

现在我又觉得他更轻松、更灵活了。

啊,我的朋友! 明天我们又得骑六个钟头去斯图尔特克罗辛。后天骑五个钟头去道森城。然后就上邓普斯特公路。几百公里的砾石路面。也许我会投降。这意味着:我换乘罗德里希的车,坐皮卡。

晚安。

你的因为困惑而什么也不想了解的
玛雅

发自我的 iPhone

18

道森城,2011 年 6 月 26 日

现在到了中心。在淘金热城市。我们在淘金热营地!

你吃素!

亲爱的朋友,在可怜的罗德里希朗诵了“杀戮的快乐”——标志生命之巅的亢奋——之后,他来了这么一句……别提了。

幸好我们有许多事情要做。换新轮胎,对付邓普斯特公路的砾石路面的特殊胎面。我们在服务站吃饭。一个瑞士女人开的。伊芙琳对我们热烈欢迎,笑称我们是 crazy Germans[①]。过去两周凡是在路上超过我们或者送我们瓶装矿泉水或者听装啤酒的,显然都讲述过我们的事情。她叫

① 英语:发疯的德国人。

来一个加拿大广播公司的记者。此人要采访我们。就在服务站。《早间杂志》栏目。现场直播！给服务站打广告。

虽然科比尼安给我的自行车上装了一个拖拉机座垫，使车座有了柔和的弹性，但是蹬了两周下来我还是彻底垮了。因为从邓普斯特公路直到鹰原都是土路，全长350公里，所以我要求在道森城休整一周。我的要求得到了满足。我们刚到营地，就被主人当作路人皆知的German bicyclers[①]来欢迎，而且在这个人满为患的营地边缘得到一个特别好的位置。跟来自首都的女子棒球队保持了足够的距离，但是跟庞然大物似的美国厢式客货两用车离得很近，不论昼夜，这些车里总是传出震耳欲聋的音乐和电视噪音。但是我们几乎位于大树下面，这里刮风不止，树木全都随风摇曳。幸好这些大树也使科比尼安有所触动。今天他甚至对我说：树的影子比树本身摇晃得更厉害。

他有时候一声不吭，仿佛永远不再开口，见他有这种反应，我不禁喜在心头。

昨天我还是问了他为何一声不吭，他说：现在让我好好想想光细胞的抗重力技术。他从我的眼光看出我不是特别地明白，所以就像大人对小孩说点小孩本该知道的事情那

---

① 英语：德国自行车手。

样对我说:无重力影响的细胞。

7 月 1 日是加拿大国庆。罗德里希想带我们去参加加拿大国庆大游行。科比尼安不想去。不能扔下他一个人不管。这种感觉比任何感觉都更为强烈和清晰。一刻也不能扔下他。我跟着他走路进城,去找特种轮胎商店,或者找一家卖扳手的商店,以便修理我的自行车前轮上面的杯架。如果我们一无所获,只找到一家十公里外的五金商店的地址,罗德里希就开车送他去,我也跟着去。理发的事情就别想了。我的自行车要修的东西比他的多。我的后轮的轮辋撞弯了。如果一颗螺丝从他手里滑落,我就去草地里找,找到为止。科比尼安在车胎上捣鼓了好几个钟头,所以总有人找他搭话。有的是刹车线断了,来自柏林克罗伊茨贝格的苏西和乌利是别的问题。这俩人骑车从中国北方穿越俄罗斯到了阿拉斯加,还想继续到美国西海岸,然后到墨西哥。乌利束手无策,因为苏西的后轱辘已三次接连撒气,不管他如何细致地修补也没用。科比尼安发现一根细铁丝还扎在里面,随即拔了出来。乌利和苏西连连感谢。来自圣地亚哥的凯文就是刹车线断了。他想去北冰洋,然后拐向纽约。表示感谢的时候,他几乎有点多情。他不止一次说,遇到科比尼安是a great inspiration[1]。科比尼安告诉他，邓普斯特公路也是我们走的路段。从这里到鹰原有三个山口。总之，如果他的刹车线再次罢工，大家又会相遇。他建议他刹车别太猛。凯文说，如果他的父亲像科比尼安，他永远不会离开圣地亚哥。说罢便走了。

在这个地方我们每天晚上都在营地的服务站吃饭。如果沿着邓普斯特公路蹬车，我们又吃平常的晚餐，也就是烤面包加奶酪、洋葱、彩椒。

瑞士女人也在服务站开了个商店。我买了一根项链。因为是育空地区的黄金做的。我戴上之后，科比尼安说：这根项链你再也不许取下。

去杰克·伦敦小木屋的郊游非常成功。通常情况下，科比尼安对属于大自然的一切了如指掌。他把一切历史事物划入博物馆范畴，他对博物馆毫无兴趣。但罗德里希讲的杰克·伦敦小木屋的故事却让他听得聚精会神。1896年，淘金热把几十万人吸引到育空地区，杰克·伦敦也随之来到道森。他在小木屋住了四个月，小木屋的圆木则是他和他的朋友亲手砍伐的。这些原木后来半数被运到加利福尼亚的奥克兰，便于人们在他的出生地也能搞一个半真实的杰

① 英语：极大的鼓舞。

克·伦敦小屋。

亲爱的朋友，到处都有圣人遗物崇拜！

作为淘金者，杰克·伦敦和他的朋友很不走运。尽管汇入育空河的所有溪流的金沙含量都很高，有些至今如此，我们的文学家和他的朋友却不得不找一条小船，划船回到文明社会。我们的文学家当时二十二岁。后来他从自己的内心淘出了黄金，罗德里希说。尽管他是被译成外文最多的美国作家，但他四十岁就告别了人世。我看见科比尼安的脸上出现一丝痛苦的抽搐。

我和科比尼安躺在帐篷里，但还没有钻入睡袋。这时他拉着我的手，说他对我隐瞒了一件事情，而且一直瞒着，这使他非常痛苦，因为我们的婚姻一开始就建立在坦诚相见的基础之上。世上一切常见的谎言在我们之间都毫无必要。然后就道出事实。他读了路德维希的书《鸿鹄之志》，他担心路德维希描写我们的方式会伤害我。他无法建议我读或者不读这本书。但是他最终不得不说，路德维希描写我们的方式让他非常高兴。路德维希没照顾我们的情面，但是他也没照顾自己的情面，他自始至终毫不留情，这使他的书整个说来非常地真实。书中出现的人物，谁也别期望自己能受到特殊照顾。路德维希没撒哪怕一个谎。大家都一样。但他担心，如果我读到这本书，我更希望看到用谎言来粉饰的描写而不是借助回忆进行研究。所以他建议我别读这本书。怎样的一个朋友啊，他叹息道。

我说我不想路德维希。

我很想他，他说。

我看明白了，路德维希用他的《鸿鹄之志》可谓彻底战胜了科比尼安。科比尼安无法怪罪他。这是爱。

我提议马上起身，去营地酒吧喝点东西。不是喝一两杯，要开怀痛饮。不喝一肚子威士忌，我不知道我们如何告别那位立足记忆的研究者，然后返回自身。

我们喝了很多酒。芝华士。就像喝阿尔卑斯山的牛奶。科比尼安请客。请酒吧里的所有客人。看见有几个人不好意思接受邀请，他大声说：既然你们不了解情况，我告诉你们，六百个勤奋的美国人在生产我的药物，在美国，早餐的时候人人都吃这种药，就跟吃面包一样。如果他愿意，他可以把服务站买下来当礼物送人。但是他不想这么做。我只想和你们喝酒。把伊芙琳店里的芝华士喝光。大家听明白了，喝光。如果你们不跟我一起喝，我就只好一个人喝伊芙琳的芝华士。而且要喝光。这会要我的命。你们想要我的命吗？大家都跟着他喝。

我从未见过科比尼安的这种表现。路德维希，我想，纯粹的路德维希。从声音到表情。真可怕。

当天夜里我梦见路德维希，但是我不能跟科比尼安讲这个梦。但是可以跟你讲。

路德维希过来接上我，打开一道门，屋里的卢伊特嘉德赤身裸体跪在一面镜子前面。看见我们进来，她说：你为什么没说你不是一个人来。她的话音不带责备，而是充满温柔。

等我回来之后，我们，即你和我，要考虑我是否应该把这个梦讲给科比尼安听。

发自我的 iPhone

道森城，2011 年 7 月 3 日

昨天的采访！一句话：你是对的，我的举止跟你描述的一模一样。记者提的每一个问题都暴露其自身意图，我知道他想听一个德国女自行车手说什么，所以我投其所好。礼貌。即便谈到蹬车的艰辛，听起来也像没有比在一望无际的加拿大公路上测试自身耐力、喜欢自身耐力更加美好的事情。最后，作为神学教授，我把这种自我规定的折磨称为价值无可估量的体验。体验之后我们会看到自己在体验之前是什么样，现在又是什么样。关于这种无休无止的骑车环游的现实艰难，我没有透露半点。我骑车环游只是为了科比尼安的缘故！我可只是为了向他表明，不管去哪里我都与他同在。

我们后天出发。邓普斯特公路。罗德里希报告说，在公路的起点竖着一块牌子：警告！本路段无急救服务。

发自我的 iPhone

19

墓碑山露营地，2011 年 7 月 5 日

亲爱的朋友，

科比尼安经过了反复折磨才告诉我他读了《鸿鹄之志》。这件事情萦绕在我的心头。我的感觉多么迟钝！我还算神学家！我认定他不读这本书更好，我隐瞒自己读了这本书的事实，用谎言掩盖，最终他还是拿到了这本书，还读得心潮澎湃，如痴如醉！我用威士忌来麻醉我的尴尬。我成功了，这也是一种体验。

瑞士女人邀请我们认识的所有人参加我们的告别早餐。人数之多，完全出乎预料。这中间有在路上超过我们的，有给我们送饮料的，有对我们表示祝贺的。由于我的相机

罢工,女主人就把她的借给我。回头我把机器给鹰原露营地的女主人就是。三百五十公里!

我们的帐篷拉绳上面又挂着一颗牛轧糖,附带一封信。其中一句话值得告诉你。我是一个不会使他想到任何别的女人的女人,他写道。所以他不得不认为我是独一无二的。所以他不得不改变他的计划。他也要穿越鹰原和麦克福森堡,前往伊努维克。他绝不会骚扰我们。但是做我的仆人依然是他生活中的唯一愿望,虽然他已变得无欲无求。

现在他的确每到一个营地都把他的黑色帐篷支在我们看得见的位置。

我想把信念给科比尼安听,他说:饶了我吧。随后我夸张地拿着信在火堆上烧烤,写信的人如果在观察我们,就一定能看见。但是我刚把信烧毁,营地管理员就跑过来,要求我们立刻把火熄灭。难道我们没听说整个育空地区严禁烟火,森林火灾危险。整个南部地区都烧起来了,怀特霍斯弥漫着烟雾。再使用明火,一律罚五千美元。他无法理解我们不听新闻。不听新闻,这可有生命危险!

今天的时速不再是五十公里,最多三十公里。没完没了的上坡,短暂的下坡路段,同向或者反向驶过的每一辆客货两用车或者卡车都在这土路上扬起漫天尘土,呛得我们喘不过气来。而且司机只要看见我们全都减了速。有的随后还把车停住,下来问我们有事没有。

昨天我们碰到第一头美洲野牛。顺着公路奔跑。

独行者,科比尼安喊道。我的兄弟!

我从碎石马路抬眼望去,望着野牛兄弟,与此同时,前轮撞到一块顽石,我的前叉失控,摔倒了。肘部和膝盖先着地。谢天谢地没有出大事。只是瘀伤。我应该为我能够如此摔倒感到自豪,或者应该担心下一次摔倒?!

科比尼安说:今天到此为止。随后见到第一个小溪就搭起了帐篷,好像他没做过别的打算。

躺下之后他说:今天都是上坡,14%。我:而且是逆风!他说,如此折磨我他感到很难过。如果我想退出,他就叫罗德里希来。

我不可能说:好吧。他需要我。或者说他相信需要我。对此,我白天确认一百次。夜里同样确认一百次。如此困倦是一件好事。困倦让鼻子发酸,在耳朵里嗡嗡。

晚安,我的朋友!这里不会有黑夜。科比尼安睡着了。

不愿想的事情,我就不想。我显然也应该想想我不愿想的事情。为此有一些充满预感的词汇。现在应该搞清楚我为何不愿想这想那。仿佛有必要做一点探寻的努力。我可以毫不费力地历数我不愿想什么。我不必让人带着批判态度来给我解释我为何不愿想这个想那个。我不会告诉别人我不愿想什么。这都是引起不悦的思想。我必须想那些一想到就让我难受的事情吗？尽管小心避免，还是有足够的激情进入了我的思想世界。我很清楚我避免某些思想的动机。这些我不用别人来解释。再说，它们不关别人的事。那是简单得可笑的和有命运分量的动机。对于避免某些思想的重要性，我不能怀疑，也不必怀疑。如果我写不许怀疑，我立刻会把制造怀疑者和无中生有者招惹到舆论集市。

我承认，想到自己有可能把力量消耗殆尽、无法隐瞒自己在避免某些思想的时候，我有时会吓一大跳。如果我不管因为受到何种损伤而不再有能力成功避免某些思想，我立刻就完了。为了保持自己的人性民事行为能力，我只希望其他人有完全相同或者相似的感受，希望我们大家都在从事避免某些思想的实践。我们可以做这种推测，否则那些对避免某些思想的现象进行探索、命名、评价的心理学分支学科就不会繁荣。只是我不得不说用于指称出这种庸俗化研究准备的经典概念：压抑。

你的女友从拥抱一切的蛮荒之地对你道一声晚安，

玛雅

发自我的 iPhone

20

查普曼湖，2011 年 7 月 10 日

亲爱的朋友，

你说没说过：我们和不可能的事物调过情？

自从我骑车穿越荒野，我就知道这话有道理。现在下雨了。土路变成了肥皂，又湿又滑，几公里停一次，好把挡泥板上的泥巴刮下来。帐篷的拉锁再也修不好。我们从底下爬进爬出。墨蚊进了帐篷，贪婪地骚扰我们。灭蚊剂对它们毫无影响。松鼠咬断了拖斗的皮带。风刮得很猛，而且总是逆风。没完没了的爬坡。很短的下坡路段。即便抗住了，也不能说这种情况可以忍受。

尽管科比尼安现在很健康，我感觉他所经历的痛苦也

在我们中间制造了隔阂。就像是他和另外一个女人有过一段绯闻。而我又不得不担心他依然在想那个女人。手术三天之后他说:我有了怀孕的经历。我肚子里面曾经孕育着死亡。我堕了胎。现在我知道女人堕胎之后是什么感觉。现在他好了。他天天向我展示他如何健康。但是那段绯闻……没有什么区别比病人和健康人之间的区别更可怕。

如果继续这么下雨,我们永远无法到达鹰原。如果那样,是否很可惜?我们越接近鹰原,不可能性,我们的不可能性就越真实。我不知道我是否还会跟它调一次情。昨天夜里我梦见科比尼安送我的生日礼物不是由三十九朵玫瑰组成的花束,而是有毒的花朵。忘记它!

晚安,我了如指掌的朋友

玛雅

发自我的 iPhone

21

鹰原，2011 年 7 月 25 日

我的朋友，

你想想看，我口吃。如果这个你没法想象，你就没法想象我是什么样子。再没法想象。我们五天前到达鹰原的时候，已是晚上七点，天上还下着瓢泼大雨。服务站里面有五个或者七个卡车司机站在那里，一看见我们，全都哈哈大笑。我们的样子肯定很滑稽，但是他们发笑有别的原因：此前他们打过赌，看疯狂的德国人能否到达鹰原。也是因为下雨，我们在奥格尔维山脉等了三天，等天气好转。过后我们出发，顺着一天比一天更泥泞的土路前往鹰原。没有比这更艰难的事情了。在没完没了的坡路上推车也无比艰难，因为在泥泞中行走脚下只会打滑。总之,他们为两个疯狂的德国人打赌,这一点不奇怪。我马上明确表示,在余下的一天里,这些卡车司机都是我们的客人。一起喝我们广受欢迎的育空金牌啤酒!

我们在这里有一座小木屋。是一居室的小房子,带淋浴和抽水马桶。我到了行程的终点。我(还)不敢问科比尼安是否也到了终点。他至少不再研究地图了。比我们晚到一天的罗德里希也不再问往下怎么走。如果雨不停地下,我们就不会继续走。

科比尼安发现我的后轮掉了两根钢丝。本地有一个修车铺。科比尼安显然也没有兴趣去找钢丝。我还把鹰原的路标指示牌拍下来,然后把相机交给营地女主人。她会转交给她在道森淘金热野营地的同事伊芙琳。

在这块值得拍照的指示牌上写着:鹰原,九个居民。

又补充说,其他人都是短工。

虽然科比尼安跟大家一起喝酒,但是他今天很少参与聊天,比任何时候都少。只要有别的旅行者或者卡车司机还在桌上,他就不说话。只有等单独跟我在一起的时候,他才说话。但是他现在也不反对罗德里希在场。前天他甚至问他,人们应该把神之国想象成什么样子。罗德里希看着我，仿佛在一个女神学家面前他无法回答这样一个问题。我说：罗德里希，我很感兴趣。

罗德里希说，《圣经》里面几乎没有什么事情比神之国更缺少确定性。对于他，这意味着：你说什么就是什么。《圣经》里第一次谈到神之国，是因为阐释尼布甲尼撒的梦，也就是《但以理书》。天上的神将另立一国，永不败坏，存到永远。这正是尼布甲尼撒梦见的事情。他梦见一个立像，高大宏伟，极其光耀，势将屹立千秋万代，但它却瞬间轰然倒塌。相反，神之国永远屹立。

科比尼安一时间什么也没说，但他喝干了杯里的啤酒，让人继续给他倒。然后说：罗德里希，我一直想问你，神之国说的是什么意思？

罗德里希又看着我。我说：这个我们推迟到饭后讨论。

这个奇特的瞬间本来我随后就忘记了，但是昨晚发生了如下事情：侍者送来科比尼安要的菜。三文鱼。在育空地区的任何一张菜单上，三文鱼都是主菜。侍者祝他胃口好，转身离开。我们开始吃饭，科比尼安吃了第一口，马上就吐在盘里。然后他叫侍者过来。人来之后，他说：这是谁要的？我根本没法吃。

侍者客客气气地告诉科比尼安，是他自己要的生腌三文鱼配酸奶油和法式炸薯条。

科比尼安说:您收回。侍者伸手拿盘子的时候,他说:别拿三文鱼。您说我要了生腌三文鱼,这句话您要收回。

侍者看着我。

科比尼安说,我等着,同时做了个手势。这一看就是路德维希在饭馆里面准备纠正或者教育他人的时候做的手势。我等着,科比尼安提高了声音。这引起了其他客人的注意。您要收回我要了生腌三文鱼配酸奶油和法式炸薯条这句话。因为我没有点这道菜,我也不会点这道菜。您告诉厨房:我绝不会要生腌三文鱼配法式炸薯条,我总是要生腌三文鱼配烘土豆,但烘土豆需要配酸奶油。您还需要告诉他们:这是一个靠自己的劳动挣钱的先生说的。

我大吃一惊,匆匆对侍者点点头,表示请他满足这个奇怪的要求。侍者满足了他的要求,同时为先前的误会表示歉意,然后表示立刻下单。由于总是我付账,科比尼安对我说:如果你要为我们没有点也没有吃的东西付钱,你就别给这个流氓小费!他败了我的胃口,这就够了。说完便往外走。我请罗德里希处理一切事情,然后起身去追赶科比尼安。

他回到了我们位于餐厅对面的小屋里,坐在床上。他问我是否反对他现在抽一根小雪茄。我不敢表示诧异。也许我也抽一根，我说。再来一杯威士忌，他说。给我倒上酒。

我们坐的地方并不舒服，但是喝到第三杯或者第四杯，我们有了好心情。本来，根据前面发生的事情推断，我会认为我们不可能有这样的心情。

他现在甚至问：玛雅，你想跟我在一起吗？

他的语调如此真诚，所以我能够用同样的语气回答，我不得不用同样语调回答：科比尼安，永远。如果这还不够：直到永恒！

谢谢你，他说。然后站起身，说他现在不仅有胃口，而且真正觉得饿了。我们今天难道要空着肚子睡。服务站的女主管看样子会做饭。走！

去哪儿，我说。

去对面的餐厅。

我说：我们还是在房间里吃吧。他站在门口说：亲爱的，我不会在这么狭窄的地方吃饭。

我只好跟他走。侍者想什么，别的客人想什么，我不知道。科比尼安要了三文鱼，生腌三文鱼配酸奶油和法式炸薯条。侍者不动声色地替他下了单。菜上来了，科比尼安仔细查看盘子里的东西，然后说，他虽然没点这道菜，但是为了妻子的缘故他不再坚持要自己点的菜，因为他知道妻子喜欢生腌三文鱼配酸奶油和法式炸薯条。祝你胃口好！

吃饭的时候谁也没说话。罗德里希显然认为他必须尝试说点什么，所以他说，巴克跟九条雪橇狗沿着育空小道奔跑四百公里前往道森。两个赶雪橇的人也是用三文鱼喂食的。食量按体重定。巴克明显比细瘦的哈士奇重，所以每天得到一斤半三文鱼。赶雪橇的人把三文鱼冷冻起来，喂食的时候用篝火加温。

我付账，我们走了。回到小屋之后，科比尼安双手搭在我的肩头上，看着我的眼睛，说：玛雅，我还从来没有问你一个问题，但是我必须问，而且要现在问：你想跟我在一起吗？我立刻响亮地回答：想。毫不犹豫，毫无保留。科比尼安这才倒在床上，衣服没脱就已入睡。只有上帝知道我在这种情况下是否还能闭眼睡觉。如前所述，没有什么东西比一个病人和一个健康人之间的区别更可怕。只要这个区别存在。

我们那位田纳西州的男子让营地女主管给我放了一封短信。你也应该知道天下之大无奇不有。信上写着：

伟大的女性，在您面前，我的德语太可怜。我继续走。走前面。我在伊努维克等，直到您到达为止。作为您的仆人。或者，如果您愿意，作为您的主人。或者，如果您允许，作为您的仆人和主人。

致以友好的问候

克里斯托弗

亲爱的朋友，我从蛮荒之地向你问好。蛮荒之地跟这里发生的事情很搭配。

想让你理解一切，甚至包括她自己的玛雅

发自我的 iPhone

22

柏林,2011 年 8 月 11 日

亲爱的再度失踪者,

第三次！我应该习惯你反复消失吗？如果你像现在这样让我长期朝思暮想,让我朝思暮想了三个星期,我就是对不可能的事物朝思暮想。而且我发现:缺了不可能的事物,我就没法生活。如果生活被可能的事物层层包围,生命之火就会熄灭。

如果你继续沉默,请想想这个道理。

你的依赖者

23

柏林，2011年8月17日

最亲爱的朋友，

告诉那边的人，你不行了！路途遥远！北极圈。打道回府。回到文明社会。你们的处境很危险。对不起，你的处境很危险。我必须救你。让人救你。我来救。你像是被绑架了！你被绑架了?!

你的朋友

24

2011年8月21日

亲爱的沉寂者!

现在我知道,再也没有信来了。你写给我的每一个字都在稳固我对你的人品和能力的信任,所以我现在可以不再追问为什么。我当然每天都还在问电脑有无信件进来。但这不是因为我相信还可能有邮件进来。这是一种姿态。我想细细品味绝望。大概是这么回事。

如果里面还有一朵摇曳不定的希望小火苗,那么,这就是一件我不想看到,也不想知道的事情。

你还活着。如果你已遇难,我会从报纸上获悉。我绝不心甘。我们的语言充满恶词。

不可能性,这是一个伟大的、美丽的、亲切拥抱我的词汇。不可能性是我和你的生活目标。你给我的信:来自不可能性的深渊。不可能性是我们的桌子、我们的床。在你给我写信的日子里,我有一种价值,你不再写信,我就不再有这种价值。我现在必须习惯自身的无价值。对于自身的无价值,人们没有概念。最多有预感。这种无价值与日俱增。失去价值,可以勉强接受。但无价值! 如果你(相对于我)人不在了,不可能性就死了。

我不再把我写的东西寄给你。这是学来的。过去我总是在你回复我的上一封信之后才可以给你写信。通信中断了。写信不能中断。

巴

25

贝亚图斯·尼德赖特开枪自杀。轰动性新闻。爱情之王和愤怒之王。在卡尔·马克思林荫大道。报道还提到他坐在轮椅上开枪自杀的地点。带门牌号。在德鲁伊[①]苦艾酒酒吧,这是伊莉丝推着他的轮椅散步的最远端。

我在我们的露台上面找到伊莉丝。她坐在壁炉前面,拿手稿纸页喂食火苗。一张一张地往火里扔。

你从报上知道了,我说。我的话把她正在做的事情跟我读到的新闻联系到一起。

伊莉丝点头。

我坐在她身边。

我说:戏剧编导。说着用手指向上天。

我坐在她身边,直到她把最后一张纸扔进火里。

---

① 古凯尔特人的祭司,占卜者。

看，她说。

在一张泛黄的A4羊皮纸上用黑色炭芯笔写着：我对你充满感激。你的贝亚图斯。

我们坐了很长时间，彼此紧握双手。

随后，在同一天，我接到下面这封信和复印件：

柏林，2011年8月29日

亲爱的施鲁普先生，

玛雅·施内林对我说：如果熊把我吃了，你就讲给巴西尔·施鲁普听。

然后就发生了她没法预料的事情。但是从她在施内林先生不在场的时候对我说的话可以判断，我可以向您通报情况，甚至必须通报。后来发生的事情非常糟糕。

对我而言。

如果对这事您还感兴趣，我告诉您，我去路德维希·弗罗那里求了职。我很幸运。他的司机刚刚因为酒驾被吊销驾照。我可以在9月份开始工作。面试的时候他说:对于来自施内林府上的人,他总是很欢迎。

也许我什么时候会看见您。我回到了大街:神之国等待着。

今天就此搁笔:上帝的命令
您的
罗德里希·魏格林

鹰原,2011 年 8 月 27 日

亲爱的罗德里希,

医生给我留的时间快到了。玛雅说,她想跟我在一起,所以我把她带上。

后事你来处理。

一切准备就绪。

你的一直服从你的上司向你问好!

科比尼安·施内林

伊莉丝还在露台上面坐着。我走上去。她指指火焰。

火焰,它跟动物一样呼吸,她说。

尽管我可以猜出她烧的是什么,我还是问:你烧的是什么?

她:《第十三章》。

我像是突然重获新生:你把书名送给我?

很乐意,她说,然后把双手放上我的膝盖。